Relâche et rupture

Relâche et rupture

Adaptation de Jane Mason et Sara Hines Stephens

D'après des scénarios de Dan Schneider
D'après *Zoey 101* créé par Dan Schneider

Texte français de Marie-Josée Brière

Éditions
SCHOLASTIC

Catalogage avant publication de Bibliothèque
et Archives Canada

Mason, Jane B.
Relâche et rupture / adaptation de Jane Mason et Sara Hines Stephens;
à partir de scénarios de Dan Schneider;
texte français de Marie-Josée Brière.

(Zoé; 101)
Traduction de : Spring Break-up.
Niveau d'intérêt selon l'âge : Pour les jeunes de 9 à 12 ans.

ISBN 978-0-545-99596-2

I. Brière, Marie-Josée II. Hines-Stephens, Sarah III. Schneider, Dan
IV. Titre. V. Collection : Mason, Jane B. Zoé; 3.

PZ23.M3795Rel 2008   j813'.54   C2007-906283-0

Édition publiée par les Éditions Scholastic,
604, rue King Ouest, Toronto (Ontario) M5V 1E1.

5 4 3 2 1   Imprimé au Canada   08 09 10 11 12

Un risque à prendre

Zoé Brooks traversa la pelouse vers le coin tranquille qu'elle préférait sur le campus de la Pacific Coast Academy. Elle s'assit à l'ombre d'un arbre et sortit de son sac son portable rouge orné du célèbre logo de la poire. Elle devait faire ses bagages pour la semaine de relâche, mais avant d'oublier, elle voulait d'abord écrire à ses grands-parents un courriel qu'elle aurait dû leur envoyer depuis longtemps.

Elle jeta un coup d'œil aux eaux bleues du Pacifique et sourit. De toutes les écoles qu'elle avait fréquentées, la PCA était certainement la meilleure, et de loin!

Elle ouvrit son ordinateur et se mit à taper.

Chère grand-maman, cher grand-papa,

Tout s'est très bien passé à la PCA depuis le début du semestre. Sur mon dernier bulletin, j'ai eu plein de A et un seul B. Et ce qu'il y a de bien, c'est que le B est tout en bas de la page. Alors, quand je le cache avec mon pouce, on dirait que j'ai eu seulement des A!

Je suis très excitée parce que, la semaine prochaine, c'est

la semaine de relâche. Vous ne devinerez jamais où je m'en vais! Vous vous souvenez de Logan, le garçon dont je vous ai déjà parlé? Eh bien, il nous a invités – Dustin, tous mes amis et moi – chez lui à Santa Barbara. Son père est un producteur de télé et de cinéma archiconnu; il paraît que sa maison est extraordinaire.

Allez, je dois aller faire mes bagages. Oh, et puis, j'espère que la bosse dans le cou de grand-papa a disparu. Tenez-moi au courant.

Bises, Zoé

Zoé relut son message et ajouta un petit bonhomme sourire à côté de son nom avant d'appuyer sur la touche d'ENVOI. Mission accomplie! Elle pouvait maintenant se concentrer sur les préparatifs de ce qui s'annonçait comme les meilleures vacances de sa vie!

Dans leur chambre, à l'autre bout du campus, Chase Matthews et Michael Barrett faisaient leurs bagages eux aussi.

– J'ai tellement hâte que ce congé commence! fit Chase en lançant une pile de tee-shirts dans sa valise.

Le semestre lui avait paru interminable, et une semaine de détente avec ses amis lui ferait sûrement le plus grand bien.

– Moi aussi, approuva Michael. J'ai besoin de décompresser.

Il avait l'air songeur.

– Combien de paires de bobettes est-ce que je devrais apporter, à ton avis? demanda-t-il en déposant un short de surf dans sa valise.

Chase secoua la tête en agitant ses boucles brunes. Quelle question!

— Je me sens vraiment pas qualifié pour t'aider à faire le calcul de tes bobettes, tu sais, répondit-il, un peu interloqué.

Mais Michael était très sérieux. Il se tapotait le menton du bout de l'index.

— Voyons voir... On va être chez Logan six jours, et j'aime bien me changer au moins une fois...

Chase regardait le flacon d'eau de toilette posé sur sa commode. Il avait l'intention de le mettre dans ses bagages, mais il ne voulait pas que Michael le voie. Heureusement, celui-ci était totalement absorbé par ses calculs. En s'assurant du coin de l'œil que son ami ne regardait pas dans sa direction, Chase s'empara du flacon et le glissa dans sa valise, sous une pile de vêtements.

Michael se tourna vers lui juste à ce moment-là. Il laissa tomber le caleçon boxeur qu'il tenait à la main.

— Hé! Qu'est-ce que tu viens de mettre dans ta valise? demanda-t-il intrigué.

— Oh, rien, répondit Chase.

Discrètement, il se plaça devant sa valise au cas où Michael déciderait d'aller voir lui-même.

— Oui, t'as mis quelque chose, insista Michael sans se laisser démonter. Qu'est-ce que c'est?

Il tenta de contourner Chase, qui lui barra la route. Il essaya de l'autre côté, mais Chase haussa les sourcils en souriant. Il ne lui montrerait rien... à moins d'y être forcé.

— Bon, fit Michael en haussant les épaules. C'est ton affaire.

3

Il se retourna tranquillement vers la valise qu'il était en train de remplir. Mais, dès que Chase eut le dos tourné, il fit volte-face et tendit le bras vers le mystérieux objet. Une seconde plus tard, il tenait à la main un flacon d'eau de toilette pour hommes d'une marque bien connue...

— Ha! lança-t-il, victorieux.

— Bon, bon, dit Chase, résigné.

Son meilleur ami allait sûrement se moquer de lui. Au moins, ce n'était pas Logan...

— Donne-moi ça, fit Chase en espérant que la conversation n'irait pas plus loin.

— Oh, de l'eau de toilette! siffla Michael en examinant le flacon.

Il riait, mais il était un peu étonné. Il n'aurait pas cru que Chase était le genre de gars à se mettre de l'eau de toilette...

— Non, c'est un médicament, déclara Chase, qui réfléchissait à toute vitesse. Pour... les boutons.

Aïe! Il aurait pu essayer de trouver mieux...

— Eh ben! Tes boutons doivent sentir bon, dit Michael avec un sourire narquois, en respirant le contenu du flacon.

À qui Chase cherchait-il à en faire accroire?

Chase s'empara de son flacon.

— Et pourquoi pas? demanda-t-il, sur la défensive, en replaçant le flacon dans sa valise.

Michael, les mains sur les hanches, regarda Chase droit dans les yeux.

— Je pense plutôt que tu veux sentir bon pour une certaine jeune fille qui répond au joli nom de Z-o-é, dit-il en insistant longuement sur le nom de Zoé.

– Ou peut-être pour toi... As-tu déjà pensé à ça? demanda Chase, moqueur.

Il se remit à ses bagages en espérant que Michael n'irait pas plus loin. Ce qui ne fut pas le cas, évidemment.

– Tu sais ce que tu devrais faire, pendant la semaine de vacances? demanda Michael.

– Non, quoi? fit Chase, même s'il n'était pas certain de vouloir le savoir.

– Tu devrais dire à Zoé que tu l'aimes, déclara Michael en soupirant.

Chase l'envoya promener du revers de la main.

– Hé, occupe-toi de tes bobettes, répliqua-t-il, irrité.

Mais Michael refusait de lâcher prise.

– C'est le moment idéal, mon vieux! En vacances, à Santa Barbara, au bord de la mer...

Il avait pris une voix rêveuse et agitait les bras comme pour présenter un décor de rêve.

– Très romantique, conclut-il en espérant que Chase comprendrait le message.

– Et alors? demanda Chase.

– Et alors, t'es bouché ou quoi? C'est le moment idéal pour dire à Zoé que tu l'aimes, répéta Michael.

Chase laissa tomber quelques vêtements dans sa valise et fit deux pas vers Michael.

– Tu peux parler un peu moins fort? demanda-t-il en jetant un coup d'œil derrière son épaule pour être certain que personne n'écoutait dans le couloir.

– Pourquoi? demanda Michael, qui ne comprenait vraiment pas pourquoi son ami s'énervait autant.

– Je veux pas que les gens le sachent, tu comprends? dit Chase, penaud.

Ses sentiments pour Zoé ne regardaient que lui.

Michael leva les yeux au ciel. Il n'était pas sérieux?!

– Écoute, tout le monde sur la planète Terre sait que t'aimes Zoé, affirma-t-il d'un ton grandiloquent. Tout le monde sur Neptune le sait aussi. Ouais, en ce moment même, là-haut sur *Neptune*, ils sont en train de se dire : « Hé! vous saviez que Chase aime Zoé? » – Il avait pris une voix caverneuse et tournait la tête d'un côté et de l'autre comme un parfait extraterrestre. – « Bien sûr, qu'on le sait! La Galaxie tout entière le sait! »

Chase tourna le dos à son ami.

– Tu parles trop, dit-il en se remettant à faire sa valise.

Mais Michael n'avait toujours pas terminé. Il ne voulait pas être méchant, il en avait simplement assez de voir Chase se tourmenter au sujet de Zoé. La chose la plus logique à faire, c'était sûrement de lui avouer ce qu'il ressentait pour elle.

– Écoute, la seule personne qui sait pas que t'aimes Zoé, c'est Zoé. Alors, pourquoi tu lui dis pas, tout simplement? demanda-t-il d'un ton posé.

Chase regarda son ami. Michael ne savait donc pas qu'il y avait pensé mille fois? C'était un peu difficile à expliquer.

– Parce que je veux pas qu'elle sache...

Logan Reese, le troisième occupant de la chambre, entra soudain dans la pièce, encore mouillé après sa douche, une serviette orange vif sur les épaules. Logan n'était pas exactement le genre de personne à qui on pouvait se confier...

– ... que j'aime les choux de Bruxelles, conclut-il.

C'était stupide, mais au moins, il s'était rattrapé à temps

pour ne pas prononcer le nom de Zoé.

— T'aimes les choux de Bruxelles? répéta Logan en écho, en jetant à Chase un regard étonné.

— Ouais, approuva Chase. C'est mon légume préféré. T'as un problème avec ça? demanda-t-il, l'air légèrement insulté.

— Non, répondit Logan en haussant les épaules.

Bizarre...

Un autre garçon de la résidence apparut à la porte.

— Hé, Reese! fit-il. T'as oublié ton shampoing dans la douche.

— Et alors, tu pouvais pas me l'apporter? tonna Logan, dégoûté.

C'était si difficile que ça, de lui apporter sa bouteille de shampoing dans sa chambre?

— Nan, répondit une voix dans le corridor.

Logan leva les yeux au ciel et retourna à la salle des douches.

— Je reviens tout de suite, lança-t-il en sortant.

Dès qu'il fut hors de portée de voix, Chase se tourna vers Michael.

— Tu veux bien arrêter de parler de Zoé et de moi devant Logan? supplia-t-il.

— Si tu dis à Zoé que tu l'aimes, rétorqua Michael.

— Non! insista Chase.

— Donne-moi une seule bonne raison.

— Bon, d'accord, tu veux une bonne raison? Eh bien, je vais t'en donner une, dit Chase. Qu'est-ce qui arrive si je dis à Zoé que je l'aime, mais qu'elle, elle m'aime pas?

Voilà, c'était dit. Il avait parlé tout haut de son pire

cauchemar.

– Ça serait très embarrassant pour nous deux. Ça pourrait gâcher notre amitié pour toujours.

Michael devait admettre que Chase avait un argument de poids. Mais pourquoi prévoyait-il le pire? Il était tout à fait possible que Zoé l'aime aussi.

– Mais si elle t'aime, elle aussi, elle deviendra ta bonne copine et tu seras heureux jusqu'à la fin des temps.

Chase secoua la tête. Il rêvait d'être heureux, d'avoir Zoé comme copine. Mais leur amitié était beaucoup trop importante pour lui.

– Le risque est trop grand, dit-il.

– Mais, dans la vie, il faut savoir prendre des risques, insista Michael en avançant les bras vers Chase comme pour le supplier. Tu te rappelles ce qu'on a appris dans le cours de latin? *Carpe doume*? Il faut savoir profiter de la vie!

– Euh, c'est *carpe diem*, corrigea Chase.

– Alors, c'est quoi, *carpe doume*? demanda Michael, les sourcils froncés.

– C'est stupide, répondit Chase d'un ton sec.

– Ah, bon, fit Michael, penaud.

La Guerre des sexes

Debout dans l'allée principale de la PCA, mignonne à croquer avec son tee-shirt fuchsia, sa minijupe de denim et ses immenses boucles d'oreilles, Zoé se sentait d'excellente humeur. L'allée était encombrée d'élèves chargés de valises, de planches de surf et d'autres objets nécessaires pour leurs vacances La semaine de relâche avait officiellement commencé! Du moins, presque... Toute la bande était prête pour le trajet jusque chez Logan : ses amis Chase, Michael et Logan; son petit frère Dustin; sa nouvelle compagne de chambre, Lola Martinez; le petit génie de la PCA, Quinn Pensky; et sa meilleure amie, Nicole Bristow. Mais... mais où était Nicole?

— Est-ce qu'on va tous pouvoir monter dans une seule voiture? demanda Dustin.

La question se posait, en effet, puisqu'ils étaient huit.

— T'inquiète pas, répondit Logan avec un sourire mystérieux.

Il compta rapidement le groupe de ses amis. Il manquait quelqu'un... Une des filles.

— Hé! Où est Nicole? demanda-t-il, l'air ennuyé.

Il tenait à ce que tous ses amis soient là quand leur chauffeur arriverait. Il était certain que cela ferait grande impression. Or, les impressions, c'est tout ce qui compte dans la vie.

– J'avais dit à tout le monde d'être ici à l'heure.

Zoé vérifia si elle avait des messages sur son cellulaire et haussa les épaules. Elle ne savait absolument pas où était Nicole, mais elle était certaine que celle-ci arriverait bientôt. Nicole n'allait sûrement pas rater le départ vers ces vacances inoubliables...

– Calme-toi, la voici, dit-elle en pointant le menton vers le sentier derrière Logan.

Nicole, souriante et radieuse dans une robe bain-de-soleil bleu pâle et vert en coton gaufré, venait d'apparaître derrière une haie parfaitement taillée.

– Allons, encore quelques pas, dit-elle en tapant dans ses mains, comme si elle encourageait quelqu'un. On n'a rien pour rien...

Derrière elle, deux garçons plus jeunes traînaient son énorme sac de voyage. Le sac était tellement gros qu'il frottait au passage les branches de la haie.

– Attention! gronda Nicole en allant rejoindre ses amis.

Les garçons laissèrent tomber le sac et s'écroulèrent dessus, épuisés.

– Merci, les gars. Vous pouvez y aller maintenant, lança Nicole avec entrain tout en fouillant dans son sac en tissu hawaïen rouge et blanc.

Un des garçons bondit sur ses pieds.

– T'avais dit que tu nous donnerais à chacun dix dollars!

protesta-t-il d'une voix forte.

Nicole plissa le nez à cette idée.

– Je blaguais, dit-elle avec un sourire enjoué. Allez, vous pouvez disposer!

Le garçon fit mine de se jeter sur elle, mais l'autre le retint. Les deux malheureux porteurs s'éloignèrent, les yeux au ciel.

Logan rit intérieurement en les regardant s'éloigner. Elle les avait bien eus! Mais avant même qu'ils soient hors de vue, il se rappela qu'il avait une nouvelle à annoncer à ses amis.

– Alors, les gars... et les filles... J'avais oublié de vous dire... Quand on va arriver chez moi, il va y avoir une *petite... surprise*! annonça-t-il en insistant un peu lourdement sur le dernier mot.

– Quel genre de surprise? demanda Zoé.

Elle espérait que ce serait quelque chose de bien, mais avec Logan, on ne pouvait jamais savoir... Le monde de Logan tournait presque exclusivement autour de... Logan.

– Je *déteste* les surprises! dit Nicole avec un grand geste théâtral. La dernière fois que ma mère m'a annoncé une surprise, on a accueilli un étudiant du Guatemala en programme d'échange. Et je vous jure qu'il a volé au moins trois de mes jupes.

Les autres regardèrent Nicole, incertains de la réponse à faire à sa tirade. Heureusement, Logan avait encore quelque chose à dire.

– Eh bien, cette fois-ci, c'est une bonne surprise, assura-t-il en hochant la tête.

Comme d'habitude, grâce à lui, ses amis allaient vivre quelque chose d'époustouflant. Le simple fait de le connaître allait valoir à toute la bande des vacances mémorables!

Lola semblait un peu excédée. C'était quoi, ce secret?

– Alors, tu peux pas nous dire tout simplement ce que...

Elle fut interrompue par une camionnette vert foncé qui arrivait en klaxonnant en direction des jeunes rassemblés au bord de l'allée.

– Hé! Par ici! cria Logan en agitant les bras vers la camionnette comme un contrôleur aérien.

Le véhicule s'immobilisa juste à côté d'eux.

– Monsieur Reese, fit un des hommes en saluant Logan.

Chase sourit. « Monsieur Reese »? Pas étonnant que Logan ait une aussi haute opinion de lui-même... Il ne se plaignait pas, loin de là. Les vacances s'annonçaient déjà très bien.

– Hé, cool! Ton père a envoyé une camionnette pour nous amener, dit-il en tapant dans la main de Michael.

Logan eut un sourire satisfait. Une camionnette? Pour eux? Non merci...

– La camionnette, c'est pour les bagages, annonça-t-il.

Il attendit exactement cinq secondes avant de se tourner vers le deuxième véhicule qui s'avançait dans l'allée.

– Ça, c'est pour nous! conclut-il, l'air très content de lui-même.

Zoé écarquilla les yeux en voyant arriver un immense véhicule d'un blanc étincelant. C'était sûrement la limousine la plus grosse, la plus longue, la plus cool qu'elle ait vue de sa vie.

– Oh! s'exclama-t-elle, étonnée.

– Cool! ajouta Lola.

– Ouah! renchérit Dustin, surexcité, en trépignant.

– Hé! Regarde cette limousine! lança Michael.

12

Est-ce qu'il avait bien vu un bain tourbillon, à l'arrière? Incroyable!

— Je me demande pourquoi il a envoyé la petite, dit Logan avec un sourire satisfait.

— La petite? répéta Lola en secouant la tête.

Elle avait toujours su qu'elle se promènerait un jour dans une limousine comme celle-là, mais elle ne s'attendait pas à ce que ce soit de sitôt!

Pendant que les filles gloussaient d'excitation, deux hommes vêtus d'un short et d'un polo bleu roi sortirent de la camionnette et commencèrent à charger les bagages des jeunes. Les valises, les sacs de voyage et l'équipement scientifique de Quinn furent bientôt empilés à l'arrière. En deux minutes chrono, tout était fait.

— Allons-y! fit Logan en invitant ses amis à monter dans la limousine.

Il n'eut pas besoin de se répéter. Tous les jeunes se précipitèrent vers le véhicule, où ils s'installèrent avec des exclamations excitées.

— Je suis dans une limousine! claironna Dustin.

— Li-mou-sine! Li-mou-sine! chantonna Chase, content.

Il y avait quand même quelques avantages à être l'ami de Logan...

— Yé! Limousine! fit Michael en écho tandis que la limousine et la camionnette s'éloignaient de la PCA pour prendre la route qui longeait le Pacifique. La bande était enfin en route pour Santa Barbara... et pour des vacances qui s'annonçaient géniales!

— J'adooore cette limousine! s'exclama Nicole.

Si c'était ça, le genre de surprise que Logan avait en tête, elle était bien d'accord!

– C'est tellement excitant! renchérit Zoé.

Toute une semaine avec ses amis... Pas de cours, pas de devoirs, et des heures de plaisir. Que demander de plus?

Le trajet en limousine était tellement agréable que Zoé eut un choc en apercevant par la fenêtre un panneau sur lequel elle lut « Bienvenue à Santa Barbara ». Déjà!

– Yé! Santa Barbara! s'écria Chase en regardant derrière lui.

Les véhicules s'engagèrent dans une allée privée sous les bravos et les applaudissements des jeunes.

– C'est ici, annonça Logan.

– Oh, regardez! Il y a une grille, dit Nicole, impressionnée.

Bien sûr qu'il y avait une grille. À Santa Barbara, tous les gens qui comptaient avaient une grille.

– On est arrivés, ajouta Logan.

La limousine s'immobilisa et tout le monde descendit.

– Venez, dit Logan.

D'un signe de la main, il mena ses amis vers la maison en contournant les courts de tennis.

– Encore quelque pas... fit-il.

Il était très fier de montrer sa maison à ses amis. Il s'arrêta enfin.

– Et voilà! dit-il en désignant la maison d'un geste théâtral.

Tout le monde s'immobilisa, les yeux fixés sur la magnifique demeure blanche qui resplendissait au milieu d'une vaste pelouse. Près d'une piscine et d'un spa, des palmiers s'agitaient doucement dans la brise. Les jardins, impeccables, étaient en fleurs.

– C'est ici que t'as grandi? demanda Zoé, abasourdie.

La maison de Logan était extraordinairement belle. Plus belle que le campus de la PCA, si la chose était possible.

– Nan, j'ai grandi dans une maison bien plus *grande* à Beverly Hills, répondit Logan, blasé. On passait nos étés ici.

Zoé tentait encore de tout assimiler quand un homme en smoking s'approcha du groupe de jeunes et s'arrêta juste devant eux.

– Monsieur Logan, dit-il d'une voix nasillarde où perçait un fort accent britannique.

Logan tapa sur l'épaule de l'homme en souriant.

– Chaunceeeey! le salua-t-il, comme s'ils étaient de vieux amis. Quoi d'neuf, mec?

Chauncey, debout devant eux, raide comme un piquet, regardait les jeunes comme s'ils appartenaient à une race d'extraterrestres.

– Oui. Hmmm... Votre père a décidé de faire servir le dîner de bonne heure pour vous et vos amis, dans la grande salle à manger, annonça le majordome d'une voix monocorde.

– Cool, approuva Logan. Chauncey, voulez-vous montrer leurs chambres à mes amis? demanda-t-il.

Le majordome ne broncha pas.

– Avec grand plaisir, dit-il, toujours aussi impassible.

Zoé sourit intérieurement. Elle n'en croyait pas ses oreilles.

Logan se comportait comme s'il était parfaitement normal d'avoir un majordome raide comme un manche à balai.

– Hé! Oubliez pas de vous débarbouiller et de vous mettre

sur votre trente-six, avertit-il avec un sourire mystérieux.

– Il faut que je me change? rechigna Chase.

Depuis quand fallait-il être tiré à quatre épingles en vacances?

Michael secoua la tête.

– Personne nous a dit qu'on devait ressembler à des modèles de magazine, souligna-t-il.

– Pourquoi est-ce que je dois me faire beau? demanda Dustin, l'air un peu dégoûté.

Allait-il devoir se laver les cheveux?

Logan sourit à ses amis.

– Parce qu'après le dîner, c'est l'heure de la surprise.

Zoé commençait à en avoir assez de cette histoire de surprise.

– Quelle surprise? demanda-t-elle sans chercher à cacher son énervement.

Mais Logan ne voulait rien dire.

Après le dîner, les jeunes se retrouvèrent dans une salle de séjour résolument moderne. Tout le monde avait suivi le conseil de Logan et fait un brin de toilette. Et c'était réussi – ils étaient tous très élégants! Zoé portait deux camisoles superposées – une noire et une orangée –, une minijupe noire, une ceinture dorée étincelante et un bracelet blanc. Lola était ravissante dans une robe bleue virevoltante, assortie à un magnifique chandail rétro à manches papillon, noir avec des accents dorés. Quinn avait choisi un jean moulant et une longue blouse verte de style paysan. Même les garçons avaient fait un effort! Logan portait un jean ample et une chemise noire, Michael, un polo jaune et un bermuda noir, et Chase, une chemise orangée, un jean et un bracelet de cuir brun. En un mot, ils étaient magnifiques!

Zoé parcourut la pièce des yeux en se disant qu'elle ne détesterait pas vivre dans un endroit comme celui-là. Elle aperçut Chauncey, debout en haut d'un escalier de quelques marches. Une seconde plus tard, il agita une clochette. Les jeunes se turent et levèrent les yeux, dans l'expectative.

– Mesdemoiselles, messieurs, votre attention s'il vous plaît, lança le majordome d'une voix forte. Je vous présente... le père de Logan, M. Malcolm Reese.

Un homme d'âge moyen vêtu d'une chemise rayée et d'un pantalon kaki descendit l'escalier d'un pas assuré, suivi d'une jeune femme très à la mode qui tenait à la main une planchette à pinces.

Logan applaudit spontanément.

– Yé! Papa! s'écria-t-il comme si son père était une vedette rock. Super!

Zoé regarda Logan d'un air inquiet. Son père était sûrement supercool, et tout, mais pourquoi Logan se comportait-il comme s'il était venu le voir en spectacle?

– Soyez les bienvenus chez moi, dit chaleureusement M. Reese.

Il fit un geste vers la jeune femme qui le suivait, tout en se dirigeant vers un divan ultramoderne.

– Voici mon assistante, Kira.

– Bonjour, Kira.

– Salut, Kira.

– Ça va, Kira?

– Assoyez-vous, ordonna Chauncey, qui avait suivi son employeur au bas de l'escalier.

Tout le monde se trouva bien vite une place. On ne rigolait pas avec Chauncey. Et puis, ils mouraient tous d'envie de savoir enfin quelle était la fameuse surprise.

M. Reese se tourna vers les jeunes, qui s'étaient installés sur le divan et dans les fauteuils qui lui faisaient face.

– Vous vous demandez sûrement pourquoi vous êtes tous ici, commença-t-il avec un sourire mystérieux.

Zoé lui trouva une certaine ressemblance avec Logan.

Chase ne comprenait pas très bien. C'était la semaine de relâche, non?

– On n'est pas ici pour... s'amuser? demanda-t-il, légèrement inquiet.

– Bien sûr, approuva M. Reese. Mais il y a plus...

Zoé commençait à comprendre d'où Logan tenait son assurance. Elle lança à Nicole un regard interrogateur.

– Plus? demanda Nicole.

– Beaucoup plus, confirma M. Reese en joignant les mains. Je produis une nouvelle émission de téléréalité, voyez-vous. Ça s'intitule « La Guerre des sexes ». Et c'est une compétition pour savoir qui sont les meilleurs : les garçons...

– Ou les filles, termina Kira.

– Pfft! fit Logan, assis sur le divan. Comme si on le savait pas déjà...

Lola avança la main et serra le genou de Logan jusqu'à ce qu'il demande grâce... ne laissant ainsi aucun doute sur la supériorité d'un des deux sexes.

– Et qu'est-ce qu'on vient faire là-dedans? demanda Zoé sans détour.

Les choses s'annonçaient bien, mais elle voulait en savoir

plus long.

– Bonne question, répondit M. Logan. Eh bien, avant de lancer une émission de télé, il faut la mettre à l'essai. Et c'est ce que vous allez faire.

Il désigna les jeunes, les deux mains tendues, le visage fendu d'un large sourire.

– Vous allez être divisés en deux équipes : les garçons contre les filles. Et, au cours des prochains jours, vous allez vous affronter dans une série d'épreuves de trois catégories : capacités mentales, force physique et créativité, expliqua-t-il en comptant les catégories sur le bout de ses doigts.

Tous les jeunes se mirent à parler en même temps. De toute évidence, même s'ils allaient être divisés en deux camps, ils étaient tous d'accord sur une chose : l'expérience serait sûrement formidable!

– Attendez un peu, interrompit M. Reese. Je ne vous ai pas tout dit.

Il fit une pause, pour ménager ses effets, avant de poursuivre.

– L'équipe gagnante va venir à Hollywood avec moi pour participer au tout premier épisode de « La Guerre des sexes », annonça-t-il.

Les conversations reprirent de plus belle.

– Attendez, s'écria Lola. Vous allez nous faire passer à la télé?!

Logan leva les yeux au ciel.

– Non, fit-il, sarcastique. C'est NOUS qu'il va faire passer à la télé, ajouta-t-il en pointant les pouces vers lui-même et les autres garçons.

Lola lui fit une grimace.

– Non, c'est NOUS qu'il va faire passer à la télé, singea-t-elle.

Pas question...

Une seconde plus tard, les membres des deux équipes se disputaient déjà au sujet de l'équipe qui allait remporter la compétition. Tout le monde parlait tellement fort que Zoé avait du mal à s'entendre parler.

– Holà! Un instant! intervint M. Reese, satisfait. C'est très bien. Mais gardez ça pour la compétition.

À côté de lui, Kira approuvait en hochant la tête.

– Et maintenant, pour vous remercier à l'avance de m'aider à tester ma nouvelle émission, je voudrais vous remettre à chacun un petit cadeau, ajouta M. Reese. Chauncey?

Zoé se tourna vers le majordome, qui déposa une mallette en aluminium sur la table basse. Il la déverrouilla et souleva le couvercle pour révéler huit petits appareils de couleurs différentes, gros comme des téléphones cellulaires.

– Ouah! Des TekMates! gloussa Dustin en bondissant.

Les jeunes se levèrent tous à la fois et prirent chacun un appareil dans la mallette. Zoé n'en revenait pas. Non seulement ils avaient une chance de passer à la télé, mais en plus, ils recevaient des TekMates? Et ils n'étaient ici que depuis quelques heures...

Nicole caressa amoureusement son TekMate jaune vif, avant de se rendre compte qu'elle n'avait aucune idée de ce qu'elle avait entre les mains.

– C'est quoi, un TekMate? demanda-t-elle.

– Demande plutôt ce que ce *n'est pas*, corrigea Kira.

– C'est un téléphone cellulaire, un carnet d'adresses, un lecteur MP3... énuméra M. Reese.

– Et puis ça permet d'envoyer des courriels, des messages texte, d'aller sur Internet... ajouta Kira.

– Ils sont vraiment à nous? On peut les garder? demanda Zoé, toujours sous le choc en fixant le petit objet rose dans sa main.

– Oui, oui, confirma M. Reese. Et, pendant les épreuves, vous êtes libres de vous en servir pour communiquer avec vos coéquipiers. Ah, oui, j'oubliais! Chaque camp va devoir se choisir un capitaine.

– Zoé? suggéra Nicole d'un ton interrogateur.

– Pourquoi pas? accepta Zoé comme si la chose allait de soi.

– Et je serai le capitaine des garçons, annonça Logan avec un sourire satisfait.

– Ben, je pense que ça devrait être Chase, dit Michael.

– D'accord, alors on va voter, dit Logan à regret. Tous ceux qui veulent m'avoir comme...

– Chase, interrompirent en même temps Michael et Dustin.

– Traîtres! souffla Logan en appuyant sur les boutons de son TekMate.

Ils étaient certainement stupides s'ils croyaient que le leadership de Chase pouvait se comparer au sien. Mais s'ils tenaient à l'apprendre à la dure...

– D'accord, dit Kira en remettant un cahier aux deux capitaines. Voici les règles de la compétition. Les deux capitaines doivent se rencontrer dans la cour intérieure à 22 heures pour les examiner ensemble.

– Cool, fit Zoé avec un sourire.

– Merci, dit Chase en prenant le cahier tandis que les autres jeunes sortaient de la salle de séjour en poursuivant leurs conversations animées au sujet de la compétition.

Chase suivait les autres quand Michael le prit par le bras pour le ramener près du divan.

– Quoi? demanda Chase, un peu fâché d'être ainsi bousculé.

Michael lui jeta un regard entendu.

– Zoé et toi... seuls dans la cour intérieure... au clair de lune... fit-il d'un ton rêveur.

– Alors? demanda Chase, qui se demandait où son ami voulait en venir.

Il espérait que ce n'était pas encore cette histoire de déclaration d'amour. Michael ne pouvait donc pas le laisser tranquille avec ça?

Michael regarda fixement son ami. Chase ne voulait vraiment rien comprendre, hein?

– Alors, c'est le moment idéal pour dire à Zoé que tu l'aimes.

Chase regarda Michael. Il ne comprendrait donc jamais?

– Quand est-ce que tu vas me lâcher avec cette histoire? Est-ce qu'il y a un bouton, quelque part, pour te débrancher?

Il se mit à tâter Michael comme s'il cherchait le bouton magique qui mettrait fin à cette conversation au sujet de Zoé.

Michael leva les mains pour se défendre.

– Arrête, dit-il en riant. Arrête, mais arrête! Tu me chatouilles!

Chase cessa ses chatouillements et reprit son sérieux.

– Écoute, je t'ai déjà dit que mon amitié pour Zoé était trop importante. Je vais pas risquer de détruire cette amitié en lui avouant ce que je ressens.

Chase ne comprenait pas bien pourquoi son compagnon de chambre – et son meilleur ami – voulait tellement qu'il commette un tel suicide romantique.

– C'est ridicule, mon vieux. Je t'assure, t'as qu'à aller trouver Zoé...

Chase n'avait pas le choix : il reprit ses chatouillements. Torture pour torture...

– Arrête! protesta Michael en riant. Mais arrête!

– T'aimes ça? T'aimes ça? T'aimes ça? J'espère que t'aimes ça. Ça te plaît? taquina Chase tandis que Michael s'écroulait sur le divan, incapable d'arrêter de rire.

Chase sourit. C'était dur de torturer un bon ami, mais dans la vie, il fallait parfois faire preuve de fermeté.

CHAPITRE 3

Au clair de lune

Chase attendait Zoé dans la cour intérieure. Pour passer le temps, il s'amusait à lancer une bouteille d'eau dans les airs et à la rattraper du revers de la main. Mais où était Zoé?

Il entendit soudain quelqu'un qui se raclait la gorge. Chauncey.

– Puis-je vous apporter quelque chose, monsieur Chase? offrit-il.

Chase se sentait un peu stupide. Il n'avait pas l'habitude de se faire servir. Et qu'est-ce que c'était que cette histoire de « monsieur » ?

– Non, non merci, balbutia-t-il. J'attends Zoé.

– Très bien, monsieur, dit Chauncey en s'éloignant de sa démarche compassée.

Chase s'éclaircit la gorge.

– Très bien, monsieur, répéta-t-il en tâchant de prendre un accent britannique. Très bien... monsieur Chase.

Il ajusta sa chemise et s'attarda sur les mots comme s'il était un acteur en train de jouer dans une pièce.

– Monsieur Chase, répéta-t-il.

C'était agréable à entendre.

Chauncey réapparut soudain derrière le coin de la maison.

– Pardon? demanda-t-il d'un ton sec.

Chase se sentit rougir.

– Oh... J'essayais seulement d'imiter l'accent britannique, voyez-vous... marmonna-t-il.

Il se sentait parfaitement idiot. Il fut sauvé par la sonnerie de son TekMate.

– Oh, ça sonne! C'est mon nouveau TekMate, annonça-t-il en montrant son petit appareil bleu à Chauncey. C'est un message texte de mon ami Michael. Il est en haut, poursuivit Chase.

Chauncey regarda Chase, impassible.

– Très intéressant, commenta-t-il de sa voix monocorde. Je vais de ce pas raconter cela dans mon blogue.

Il tourna les talons en plissant le nez et disparut encore une fois.

Chase regarda Chauncey s'éloigner. Quel homme étrange... Son TekMate sonna de nouveau, et il jeta un coup d'œil au minuscule écran posé dans la paume de sa main. « Regarde en haut », lut-il à haute voix.

Chase leva les yeux vers le ciel.

– Par ici! fit une voix étouffée.

Chase dirigea son regard vers Michael, debout sur une terrasse, illuminée par la pleine lune qui brillait derrière lui.

– Qu'est-ce que tu veux? demanda Chase, excédé.

Il ne pouvait pas attendre tranquillement dans la cour sans se faire harceler? Michael était un très bon ami, mais il était en train de le rendre complètement fou.

Michael tapa rapidement un message sur son TekMate :
« Dis... à... Zoé... que... tu... l'aimes. » Puis il appuya sur le bouton
d'ENVOI.

En entendant sonner son appareil, Chase déchiffra le
message. Oh, ce Michael! On aurait dit un disque rayé...

– Pour la millième... murmura Chase.

Il s'interrompit aussitôt et jeta un coup d'œil nerveux
autour de lui. Ouf! Personne! Mais il ferait mieux de taper sa
réponse, au cas où...

« Pour la millième fois, NON. Si je dis à Zoé que je l'aime,
ça pourrait détruire notre amitié. » Chase appuyait sur le bouton
d'ENVOI quand Zoé apparut.

– Bonsoir, dit-elle avec chaleur.

– Oh, Zoé! fit Chase. Bonsoir!

Il agita la main mollement. Puis il sourit. Zoé était adorable,
comme toujours. Elle avait enfilé une robe bain-de-soleil noire,
sous laquelle elle portait une blouse orangée, et ses cheveux
blonds flottaient sur ses épaules.

– Alors, tu veux qu'on regarde ces règles ensemble?
demanda-t-elle en brandissant le cahier que Kira leur avait remis
un peu plus tôt.

Chase se sentait comme un criminel pris en flagrant
délit.

– Oh, bien sûr, dit-il en essayant de ne pas penser à ses
paumes moites.

Il l'avait échappé belle!

Chase suivit Zoé du regard pendant qu'elle allait s'asseoir
un peu plus loin. Dès qu'elle eut le dos tourné, Chase agita la main
pour chasser Michael. Il n'avait surtout pas besoin d'un espion!

Michael n'était heureusement pas du genre curieux, et il disparut au moment où Chase prenait place en face de Zoé. Celle-ci sourit à Chase en feuilletant les pages de son cahier.

Chase ouvrit son propre cahier en soupirant intérieurement. La prochaine heure allait être une véritable torture si Michael ne le laissait pas tranquille, seul avec Zoé.

Dans la cuisine des Reese, Quinn s'apprêtait à réaliser une expérience complexe. Des liquides de différentes couleurs bouillonnaient dans des éprouvettes de formes et de grosseurs variées. Avec ses cheveux ramassés dans une haute queue de cheval tressée et ornée de rubans et de plumes violettes, Quinn avait l'air d'une originale, comme d'habitude. Elle renifla quelques-unes des éprouvettes et en tapota d'autres en hochant la tête. Elle tapa quelques notes sur son ordinateur au sujet de sa formule. C'était presque au point, elle le sentait!

— Hé, Quinn! salua Nicole d'une voix amicale. Qu'est-ce que tu fabriques?

Elle jeta un coup d'œil curieux sur les liquides bouillonnants, en faisant bien attention de ne pas tacher sa camisole lilas à sequins. Après ses frayeurs des premiers temps, elle avait fini par s'habituer aux expériences de Quinn.

— Une nouvelle boisson énergisante, répondit fièrement Quinn en levant les yeux de son écran d'ordinateur pour regarder les plaques chauffantes, les fioles et les fruits posés sur le comptoir. Elle adorait par-dessus tout inventer des choses.

Nicole plissa le nez.

— Mais il y en a déjà au moins un million, souligna-t-elle. Les allées des supermarchés et des magasins d'articles de sport en étaient remplies...

— Oui, et elles sont pleines de produits chimiques et d'autres substances dangereuses, répliqua Quinn, l'air un peu dégoûtée. C'est pour ça que j'ai créé une boisson énergisante entièrement naturelle, faite d'extraits végétaux, d'émulsions de fruits et d'autres produits naturels que j'ai pressés moi-même.

Elle tendit le bras vers une bouteille de plastique bleue dont l'étiquette s'ornait d'un éclair.

— Je l'ai appelée « Frazz », conclut-elle tout excitée.

— Frazz? répéta Nicole en écho.

Ça n'était pas terrible...

— Hmmmm, approuva Quinn en hochant la tête. Mon Frazz va être cent pour cent santé, et il va donner dix-sept fois plus d'énergie que toutes les autres boissons déjà sur le marché, déclara-t-elle.

— Alors, c'est prêt? demanda Nicole en regardant la bouteille bleue. À sa grande surprise, elle avait presque envie d'essayer la nouvelle boisson.

Quinn secoua la tête, ce qui fit virevolter les petites plumes posées dans ses cheveux.

— Pas encore. Le mélange est trop puissant. Je dois en atténuer les effets sans lui enlever son goût délicieux, répondit-elle en jetant un regard préoccupé sur la bouteille.

— Tu trouveras bien un moyen, assura Nicole.

Quinn n'était pas du genre à abandonner en cours de route.

— Je m'en allais au spa. Tu viens?

Quinn hocha la tête. Elle avait passé des heures à extraire des jus, à presser des fruits et à remuer ses mixtures. L'idée du spa était très tentante.

– Certainement.

En sortant de la cuisine, elles croisèrent un garçon blond qui y entrait.

– Oh, bonsoir, Dustin, salua Quinn.

– Tu viens au spa avec nous? proposa Nicole.

On s'amusait toujours quand le petit frère de Zoé était là.

– Nan, je suis trop fatigué, répondit Dustin, qui semblait en effet épuisé. Je vais juste boire un peu de jus avant d'aller me coucher.

– D'accord, bonne nuit! fit Nicole.

– Ciao! ajouta Quinn en lui tapotant l'épaule.

Les filles sortirent de la cuisine. Dustin se dirigeait vers le frigo quand il aperçut les plaques chauffantes et les fioles qui encombraient les comptoirs. Il y avait du matériel scientifique partout. Quinn avait envahi presque toute la pièce!

– Cool, murmura Dustin en examinant les mélanges bouillonnants.

Il aperçut la bouteille de Frazz.

– Frazz, lut-il à voix haute.

Il respira le contenu de la bouteille, curieux. Ça sentait le jus, tout simplement. « Pourquoi pas? », se demanda-t-il en prenant une gorgée.

– Ooooh! C'est bon, ça! poursuivit-il à voix haute.

Il porta de nouveau la bouteille à ses lèvres et prit une autre gorgée. Puis une autre. Et encore une autre.

Il s'interrompit enfin avec un grand soupir de satisfaction. En plus, c'était très désaltérant.

Dustin se tourna vers les éprouvettes. Qu'est-ce qu'il pouvait bien y avoir là dedans? En tout cas, ça avait des effets intéressants... Les yeux écarquillés, il avait l'impression d'avoir des ressorts dans les talons. Une minute plus tôt, il était complètement épuisé. Et maintenant, il se sentait... plein d'énergie! Est-ce que ça pouvait venir du Frazz?

Dustin n'en était pas sûr, mais en tout cas, c'était bon. Il porta la bouteille à ses lèvres une dernière fois et la vida d'un trait. Génial!

Il posa la bouteille vide sur le comptoir et sortit de la cuisine à grands pas. Il fallait qu'il trouve quelque chose à faire, quelque chose pour dépenser un peu de son énergie! Dans le corridor, derrière une porte vitrée, il aperçut quelque chose de très intéressant : un escalier d'exercice, comme ceux qu'on trouve dans les gymnases.

– Un escalier! s'écria Dustin en se précipitant dessus.

Deux minutes plus tard, il s'affairait sur l'appareil, ses petites jambes maigres montant et descendant à toute vitesse.

– Yééé! s'écria-t-il. J'adore ça! C'est comme monter un escalier, mais ça n'arrête jamais!

Dustin baissa les yeux vers le cadran de l'appareil. Il avait déjà grimpé 327 marches comme si de rien n'était!

– Yééé! Vive les escaliers!

Avec un rire légèrement maniaque, il agrippa les barres d'appui et poursuivit son manège. Il était prêt à y passer la nuit!

Fausse alerte

Le lendemain matin, Chase se réveilla de bonne heure et fut incapable de se rendormir. Il s'était bien amusé la veille, avec Zoé, à lire le cahier de règles et à bavarder au clair de lune. Il se fichait parfaitement que son équipe remporte la compétition, du moment que Zoé et lui étaient encore amis quand elle se terminerait.

Chase se dirigea vers la salle de séjour et alluma le téléviseur pour regarder des dessins animés. Une chenille extraterrestre à l'allure étrange rampait sur l'écran.

— Qu'est-ce qu'elle a de si extraordinaire, cette Limonade Papluvienne? demanda la chenille.

— Il paraît que la Limonade Papluvienne est la boisson la plus délicieuse de toute la galaxie, répondit un tigre bleu d'une drôle de voix d'extraterrestre. La voix rappela à Chase les imitations de Michael.

— J'en ai, moi, de la Limonade Papluvienne, se vanta une vache. Téléporte-moi, mon bébé!

Chase prit une gorgée de jus d'orange en souriant de la stupidité de l'émission. Qui avait bien pu écrire une chose pareille?

– Quoi d'neuf? demanda une voix forte, sur la mezzanine qui surplombait la pièce.

Chase sursauta et leva les yeux vers Michael. Est-ce qu'il avait absolument besoin de parler si fort?

– Bonjour, répondit-il, un peu excédé.

– Dis donc, tu t'es levé tôt! dit Michael en s'étirant.

Il descendit l'escalier et se laissa tomber sur le divan à côté de Chase.

– Alors... Comment ça s'est passé hier soir? demanda-il en lui donnant un petit coup de poing sur l'épaule d'un air entendu.

– Qu'est-ce que tu veux dire? demanda Chase en regardant son ami de biais.

Michael se rendit compte qu'il allait devoir mettre les points sur les « i ».

– As-tu dit à Zoé que tu l'aimais? demanda-t-il carrément.

– Non! répliqua Chase.

Alarmé, il se redressa et se tourna vivement vers son ami. Zoé était peut-être tout près!

– Je te l'ai dit mille fois, j'ai pas l'intention de le lui dire, reprit-il plus calmement. T'as pas lu mon message texte?

– Quel message texte? demanda Michael, les sourcils froncés.

Non, mais, il le faisait exprès, ou quoi?

– Sur ton TekMate, dit Chase. Celui que je t'ai envoyé en réponse à ton message.

– Tu m'as pas envoyé de message, fit Michael en secouant la tête.

Chase était-il en train de perdre la boule?

– Mais oui! fit Chase.

Il sortit son TekMate et appuya sur quelques boutons. Son message apparut à l'écran.

– Tiens, regarde! J'ai écrit : « Pour la millième fois, non. Si je dis à Zoé que je l'aime, ça pourrait détruire notre amitié. »

Michael regarda Chase, éberlué.

– Bon, mais je l'ai pas reçu, insista-t-il.

– Eh bien, je l'ai envoyé, répéta Chase.

– Fais-moi voir.

Michael se pencha et prit le TekMate de Chase. Il alla fouiller dans le fichier des messages envoyés. Aïe! Chase l'avait bel et bien envoyé, son message, mais pas à lui...

– Euh, c'est pas à moi que t'as envoyé ton message, dit-il, au bord de la panique.

– Vraiment? demanda Chase, inquiet.

Michael avala sa salive et secoua la tête.

– Non.

– Alors, à qui est-ce que je l'ai envoyé? insista Chase.

Michael fit la grimace. Il n'avait pas vraiment envie de répondre, mais il n'avait pas le choix...

– À Zoé, fit-il d'une toute petite voix.

– À Zoé?... À Zoé?!?!?!?! répéta Chase, saisi d'horreur.

Il reprit son TekMate pour voir si c'était vrai. C'était écrit là, sur l'écran... Son pire cauchemar venait de se réaliser.

– Oh, non! s'écria-t-il. Oh, non! Oh, non! Oh, non! Michael!

Michael s'empara d'un coussin et l'écrasa sur le visage de Chase pour étouffer ses lamentations. Il voulait vraiment que toute la maison l'entende?

Après de longues minutes, Chase cessa finalement ses jérémiades et rassembla ses esprits... du moins à peu près. Il faisait les cent pas dans la pièce en essayant de décider ce qu'il devait faire.

– C'est terrible. C'est vraiment, terriblement terrible, se lamentait-il.

Michael s'efforçait de voir le bon côté des choses.

– C'est pas sûr, ça, avança-t-il.

Chase lui jeta un regard incrédule. Sur quelle planète vivait son ami?

– Tu trouves pas ça terrible que Zoé découvre que je l'aime dans un message texte? lança-t-il en criant presque.

– Ouais, vu comme ça... Écoute... fit Michael, qui réfléchissait à toute vitesse. Elle avait pas son TekMate quand vous vous êtes rencontrés hier soir, hein?

– Mais c'était hier soir! protesta Chase en gémissant. Je suis sûr qu'elle a lu le message en se levant ce matin!

Comment Michael pouvait-il demeurer aussi calme? Zoé ne serait plus jamais son amie!

– Peut-être pas, dit Michael, plein d'espoir. Passe-moi ton TekMate.

Chase lui tendit son appareil et Michael appuya sur quelques boutons. Une seconde plus tard, on entendit un « bip ».

– Ha! fit Michael, triomphant. Tu vois? « Message non lu ». Elle l'a pas encore vu.

– T'es sûr? demanda Chase.

C'était un miracle...

Michael pointa le doigt vers l'écran du TekMate. C'était écrit en noir sur blanc. Ou plutôt en bleu, noir et rouge sur

34

blanc.

– Oui! affirma-t-il.

– Bon, parfait! fit Chase, qui commençait enfin à voir le bout du tunnel. Il me reste à m'assurer qu'elle ne le verra jamais.

Il avait un plan.

– T'as juste à lui subtiliser son TekMate et à effacer ton message, constata Michael comme si c'était une tâche toute simple.

Chauncey arriva à ce moment-là et s'arrêta au bas de l'escalier.

– Messieurs, si vous avez faim... commença-t-il.

– Où est Zoé? cria Chase au majordome.

Il était incapable de rester calme.

– En train de déjeuner, répondit dignement Chauncey.

– Oh, non! s'exclama Chase.

Il bondit sur ses pieds et se précipita dans l'escalier. Il devait mettre la main sur son TekMate avant qu'elle l'allume!

Le maniaque de l'escalier

Zoé, qui portait ce matin-là un tee-shirt noir, une jupe de denim bleu ornée de faux brillants, de longues boucles d'oreilles roses et, bien sûr, la chaîne et la clé qui ne quittaient jamais son cou, était assise au comptoir de la cuisine avec Lola, en train de déjeuner. La nourriture était aussi extraordinaire que la maison : gaufres, yogourt, fruits, jus fraîchement pressés. Miam!

— Peux-tu imaginer grandir dans une maison comme ça? demanda Lola, très mignonne dans son pantalon capri noir et sa camisole corail, sur laquelle elle avait posé un collier de billes multicolores.

— Je sais, c'est fou! renchérit Zoé.

Sa maison était loin de ressembler à celle-ci. C'était une maison normale, tout simplement.

— Tu me passes les bleuets? demanda-t-elle.

Après les raisins, les bleuets étaient ses fruits préférés. On pouvait les manger, les lancer... Les possibilités étaient infinies.

Chase passa la tête dans l'embrasure de la porte. Il

aperçut Zoé assise au comptoir, et surtout, son TekMate dans un petit étui posé sur sa hanche. Il s'accroupit et se dirigea silencieusement vers elle.

– Je me demande pourquoi on appelle ça des bleuets, dit Lola, pensive, en prenant une bouchée de fruits.

– Et pourquoi pas? demanda Zoé.

– Parce qu'ils sont violets, pas bleus, souligna Lola en haussant les épaules.

Zoé se pencha sur les bleuets qu'elle avait versés dans son bol de céréales.

– Ouais, c'est vrai. Hmmm... Tu sais, je pense que ça existe pas, des aliments vraiment bleus, ajouta-t-elle, songeuse.

– Il doit pourtant y en avoir, répondit Lola.

– Alors, essaie de les trouver, fit Zoé en attaquant ses gaufres. Mmmm, ça a l'air délicieux!

– D'accord, heu... Laisse-moi réfléchir...

Chase entendait à peine ce que les filles racontaient, trop occupé à se faufiler subrepticement sous le rebord du comptoir. Il était enfin tout près de Zoé... et de son TekMate. Lentement, il tendit la main pour aller chercher l'appareil rose dans son étui.

Mais une voix tonitruante retentit soudain dans la pièce.

– Qui a pris mon Frazz? hurlait la voix.

Zoé, éberluée, regarda Quinn, debout de l'autre côté du comptoir, qui brandissait une bouteille de plastique vide portant le mot « Frazz ». Elle n'avait aucune idée de ce qu'était ce Frazz, mais Quinn était manifestement furieuse.

– Quoi? demanda Zoé en se levant.

Dans un dernier effort futile, Chase tendit le bras vers le TekMate de Zoé. Mais celle-ci se dirigeait déjà vers l'autre côté du comptoir, Lola sur les talons. C'était raté!

– Qu'est-ce qui se passe? demanda Lola.

– Mon Frazz a disparu! gémit Quinn.

– C'est quoi, du Frazz? demanda Zoé, qui ne comprenait pas ce qui mettait Quinn dans tous ses états.

– C'est la boisson énergisante que je suis en train de mettre au point! cria Quinn, exaspérée.

Quelqu'un avait volé le précieux résultat de son expérience en cours.

– Il y en avait plein cette bouteille hier soir, expliqua-t-elle.

Logan et Michael entrèrent dans la cuisine sur ces entrefaites.

– Hé, les filles! Vous avez vu Dustin? demanda Logan.

Zoé se rendit compte qu'il était un peu inquiet, ce qui ne lui ressemblait pas puisqu'il ne se préoccupait généralement que de lui-même...

– Il dort probablement encore, bien tranquille dans son lit, répondit Zoé sans s'émouvoir.

Dustin était un grand dormeur.

– Non, fit Michael en secouant la tête.

– On vient d'aller voir dans sa chambre, expliqua Logan.

– Il a pas dormi dans son lit, ajouta Michael.

Quinn parut horrifiée.

– Il a peut-être bu mon Frazz? murmura-t-elle, inquiète.

Zoé se sentit paniquer. Elle ne savait toujours pas exactement ce que c'était que ce Frazz, mais si Quinn était inquiète... Et si Dustin n'avait pas dormi de la nuit...

– Dustin! cria Zoé en se précipitant hors de la cuisine.

Quinn, Lola et Logan lui emboîtèrent le pas, en appelant Dustin eux aussi. Ils se séparèrent et partirent chacun de leur côté.

Michael était resté dans la cuisine. Il était affamé, et le déjeuner sentait délicieusement bon. Il se dirigea vers le comptoir en se frottant les mains, impatient de goûter à tout.

– C'est le gros lot, murmura-t-il.

Il y avait de la nourriture en abondance, et personne avec qui la partager.

Michael s'apprêtait à prendre un morceau de fruit quand il sentit quelqu'un lui saisir la cheville.

– Aaaahhhh! hurla-t-il.

Il baissa les yeux et aperçut Chase, toujours accroupi sous le comptoir.

– Qu'est-ce que tu fais là? demanda-t-il, fâché.

Chase se releva.

– J'étais tout près, dit-il en montrant un nano espace entre ses doigts. Je suis passé à un cheveu de pouvoir prendre le TekMate de Zoé.

Michael était désolé pour son ami. Vraiment! Mais son estomac gargouillait.

– Et alors? demanda-t-il.

– J'ai été battu par le Frazz, soupira Chase.

Pendant ce temps, les autres membres de la bande étaient toujours à la recherche de Dustin. Ils avaient regardé dans les chambres, dans la salle de séjour, dans les couloirs... Zoé et Quinn se dirigèrent finalement vers le gymnase. En ouvrant la porte de verre coulissante, elles aperçurent Dustin sur un escalier d'exercice, qui riait comme un maniaque.

– Oh, bonjour, Zoé! Bonjour, Quinn! Qu'est-ce que vous faites ici? J'ai trouvé un escalier d'exercice, et je grimpe, et je grimpe... babilla-t-il. C'est vraiment un excellent exercice. Vous avez déjeuné, vous? Qu'est-ce que vous avez mangé? J'ai pas vraiment faim. C'est très amusant!

Il se remit à rire comme une hyène.

Zoé regarda Quinn de travers. De toute évidence, son petit frère n'était pas dans son état normal. Quinn lui devait des explications.

– Il a bu mon Frazz, dit Quinn, penaude.

– Tu grimpes comme ça depuis combien de temps? demanda Zoé, même si elle n'était pas certaine de vouloir entendre la réponse.

– Depuis hier soir. Regarde, j'ai déjà monté... plus de vingt-deux mille marches! proclama-t-il, tout fier.

Vingt-deux mille?! Zoé se tourna vers Quinn.

– Qu'est-ce qu'il y a dans ton Frazz? demanda-t-elle d'un ton accusateur.

– Pas de panique, c'est entièrement naturel, la rassura Quinn.

– Oui, mais ça, c'est pas naturel! lança Zoé en montrant Dustin du doigt.

Quinn était mal à l'aise. Elle n'avait jamais pensé que quelqu'un pourrait essayer sa boisson sans le lui demander. Et il avait bu toute la bouteille!

– Les effets devraient disparaître dans quelques heures... ou dans quelques semaines, répondit-elle d'une toute petite voix.

– Quelques semaines? répéta Zoé.

Quinn leva les mains pour protester.

– Hé! Je suis rien qu'un être humain, tu sais! s'exclama-t-elle.

Elle était très embêtée, mais tout le monde savait que les êtres humains pouvaient se tromper à l'occasion!

Que les jeux commencent!

Logan apparut soudain à la porte, essoufflé.

– Venez vite! Ça va commencer! annonça-t-il.

– Youpi! s'exclama Dustin.

Il sauta de l'escalier avec autant d'entrain qu'il en avait mis à grimper dessus.

– C'est la guerre des sexes! cria-t-il en sautant les quelques marches qui menaient au patio.

Le problème, c'est qu'il avait mal calculé son élan. Il tomba en touchant le sol, mais n'eut même pas l'air de s'en apercevoir. Il se releva prestement et courut derrière Logan, en gloussant et en agitant ses bras maigres comme une meneuse de claque.

Zoé jeta à Quinn un regard furieux. Son frère était complètement survolté, et ce n'était pas beau à voir. Mais Zoé savait que Quinn ne pouvait rien y faire. De toute manière, ce n'était pas sa faute. Évidemment, c'était elle qui avait inventé cette boisson étonnante. Mais elle n'avait jamais dit à Dustin d'en avaler toute une bouteille. Elle avait été la première surprise de trouver sa bouteille vide ce matin.

Quinn fit la grimace en suivant les glapissements de

Dustin jusqu'à l'endroit où la compétition devait commencer. Sa boisson était encore plus efficace qu'elle l'avait cru! C'était à la fois réjouissant et très inquiétant. Si seulement elle n'avait pas laissé la bouteille sur le comptoir...

Les filles, hors d'haleine, rejoignirent le reste de la bande dans le jardin. Les autres étaient déjà alignés sur la vaste pelouse, devant un podium érigé dans un coin du patio.

Kira était debout derrière le podium, à côté du père de Logan. Un épais cahier à reliure dans les mains, elle souriait chaleureusement aux jeunes. Sur le côté, Zoé aperçut trois personnes qu'elle n'avait jamais vues.

Zoé serra le bras de Lola pendant qu'elles attendaient que M. Reese vienne leur expliquer la première épreuve. C'était tellement excitant! Et, de toute évidence, elle n'était pas la seule à le penser. À quelques pas d'elle, Dustin, sous l'effet du Frazz, était incapable de se tenir tranquille et sautillait sur place.

M. Reese monta sur le podium et se pencha vers le micro.

– Bon. Comme vous le savez, « La Guerre des sexes » va comporter une série d'épreuves. Pour la vraie émission, nous aurons des caméras qui vont tout filmer, mais puisque ceci n'est qu'un essai, il y aura seulement vous, moi, mon assistante Kira... et nos trois juges.

Il tendit le bras vers les trois jeunes dans la vingtaine assis sur les marches. Bien sûr, les juges! Ils saluèrent les concurrents de la main, sous les applaudissements de Zoé et de ses amis.

Michael applaudissait avec les autres, mais il avait la tête ailleurs. Il était absorbé par quelque chose d'autre : le TekMate posé sur la hanche de Zoé, dans son petit étui. C'était le moment ou jamais! Il donna discrètement un coup de coude à Chase pour attirer son attention.

— Regarde, chuchota-t-il en pointant le doigt vers l'appareil. Zoé a son TekMate sur elle.

— Je sais, répondit Chase sur le même ton.

Comment aurait-il pu ne pas savoir exactement — et à la seconde près — où se trouvaient le TekMate de Zoé et la déclaration d'amour qu'il lui avait envoyée par erreur, et qu'elle n'avait heureusement pas encore lue? Derrière le podium, M. Reese parlait toujours de la compétition. Chase s'en fichait éperdument. Voulait-il passer à la télé? Bien sûr. Mais il tenait surtout à rester l'ami de Zoé. En fait, c'était tout ce qui comptait pour lui. Et c'est pourquoi il s'apprêtait à lui piquer son TekMate...

Les deux garçons gardaient la tête tournée vers l'avant, le visage souriant, comme si « La Guerre des sexes » était la seule chose qu'ils avaient en tête. Sauf que...

— Est-ce qu'elle a lu ton message? demanda Michael à voix basse.

Chase eut un moment de panique. Il n'avait pas vérifié depuis qu'il avait failli s'emparer du TekMate à la cuisine.

Chase sortit son propre TekMate de son étui, l'ouvrit et appuya sur quelques boutons.

— Non. Ça dit encore « Message non lu ».

Michael hocha la tête discrètement.

— Alors, euh... Qu'est-ce que tu vas faire?

— Je vais m'assurer qu'elle regarde pas, lui prendre doucement son TekMate, effacer le message et replacer le TekMate, dit Chase en baissant la tête.

C'était simple, non? Alors, pourquoi avait-il l'impression que le cœur allait lui sortir de la poitrine?

Sur le podium, M. Reese s'interrompit et passa le micro à Kira.

— Le premier jeu mettra à l'épreuve vos capacités mentales, annonça-t-elle.

— C'est une course aux trésors, ajouta M. Reese.

Dustin sauta sur la pointe des pieds.

— C'est quoi, une course aux trésors? demanda-t-il en regardant les adultes qui l'entouraient. C'est quoi?

Il se tourna ensuite vers ses coéquipiers en sautillant comme s'il était sur des échasses à ressorts.

— Est-ce que quelqu'un peut me dire ce que c'est, une chasse aux trésors? Allez!!!

Il criait maintenant, désespéré, en se tournant d'un groupe à l'autre.

— Allez! Allez! Allez!

Avec ses longs cheveux blonds, on aurait dit une vadrouille balayée par un ouragan.

Tout le monde regardait Dustin comme s'il était mûr pour l'asile d'aliénés. Tout le monde, sauf Zoé. Elle regardait Quinn, toujours aussi courroucée. Son frère allait-il redevenir normal un jour?

M. Reese et Kira échangèrent un regard et poursuivirent leurs explications.

— Vous voyez ces deux coffres-forts, là-bas? demanda M. Reese en pointant le doigt vers l'autre côté de la vaste pelouse parfaitement entretenue.

Les jeunes se retournèrent et aperçurent deux coffres-forts aux couleurs vives.

Quand Zoé tourna la tête, Chase saisit sa chance. Surveillant Zoé du coin de l'œil, tout en écoutant l'énoncé des règles d'une oreille distraite, il fit lentement glisser le TekMate hors de son étui.

– Le coffre-fort rouge est pour les filles, et le bleu est pour les garçons, expliqua M. Reese.

– La seule façon de les ouvrir, c'est d'avoir la bonne combinaison à trois chiffres, ajouta Kira.

Les jeunes reportèrent leurs regards vers le podium. Michael fit un pas vers l'avant, en se plantant entre Zoé – qui ne se doutait de rien – et Chase qui avait terminé sa manœuvre délicate. Chase se retourna pour faire écran avec son corps avant d'allumer le TekMate.

– Chacun des capitaines devra attendre à côté du coffre-fort pendant que ses coéquipiers chercheront les trois chiffres à l'aide des indices que nous allons leur donner, poursuivit M. Reese.

Chase n'écoutait plus. Il y était presque! L'écran du TekMate s'illumina. Il parcourut rapidement le menu, puis la liste des messages.

– Quand une équipe aura trouvé les trois chiffres, elle devra communiquer la combinaison à son capitaine pour qu'il ouvre le coffre-fort.

M. Reese parlait toujours, heureusement. Chase, le cœur battant, trouva son message et l'effaça. Ouf! Il ne lui restait plus qu'à remettre le TekMate en place, sur la hanche de Zoé...

– Et le vainqueur de cette épreuve sera le premier capitaine qui ouvrira son coffre-fort et qui me rapportera l'objet que nous y avons placé.

Chase se rendait compte que M. Reese avait presque terminé. Lui aussi, heureusement. Le TekMate toujours à la main, il s'approcha de Zoé.

– Les premiers indices se trouvent dans les enveloppes collées sur les coffres-forts, dit Kira avec un grand sourire. Vous êtes prêts?

Chase s'approcha encore un peu. Il tendit la main juste au moment où M. Reese brandissait un sifflet.

Zoé souriait. Bien sûr qu'elle était prête!

– Et... c'est parti! annonça M. Reese en portant le sifflet à sa bouche.

Chase tenta de remettre le TekMate dans l'étui de Zoé à l'instant même où celle-ci s'élançait vers le coffre-fort avec ses coéquipières.

Le TekMate tomba dans le vide et Chase faillit trébucher. Debout sur la pelouse, sa pièce à conviction toujours à la main, il poussa un long soupir. Il avait réussi à effacer le message, mais il avait le sentiment que son cauchemar était loin d'être terminé.

CHAPITRE 7

Sauvé de justesse

Chase mit le TekMate dans sa poche et se hâta de rattraper les autres. Il allait devoir trouver un autre moment pour remettre l'appareil à sa place. Le jeu venait de commencer.

Zoé courut à l'autre bout de la pelouse, avec ses coéquipières surexcitées, et déchira l'enveloppe contenant le premier indice destiné à l'équipe des filles. Le souffle coupé, elle remit l'enveloppe à Nicole.

– Lis! Lis! clamèrent les filles.

– D'accord, dit Nicole.

Elle s'efforçait de rester calme, mais ce n'était pas facile! Elle baissa les yeux sur le petit bout de papier jaune qu'elle tenait à la main.

– Ça dit... « Le secret du premier chiffre se trouve chez Lola. Quand elle est au pays des rêves, elle pose sa tête là. »

Derrière les filles, les garçons se dépêchaient eux aussi. Logan se débattait avec l'enveloppe.

– Allez, qu'est-ce que t'attends? fit Michael, impatient. Ouvre-la!

– J'essaie! répliqua Logan.

Non, mais qu'est-ce qu'il croyait? Il réussit enfin à ouvrir l'enveloppe et lut :

– « Pour trouver le premier chiffre, voici ce qu'il faut faire. Regardez au bon endroit, il n'y a même pas de vache à traire! »

– De vache à traire? répéta Dustin, interloqué.

– Pourquoi est-ce qu'on trairait une vache? demanda Chase.

Michael faisait claquer ses doigts, à la recherche d'une réponse.

Pendant ce temps, les filles réfléchissaient à leur propre indice.

– Quand elle est au pays des rêves… récita Zoé, la main sur le front. Elle pose sa tête là…

– Hmm, hmmm, chantonnait Lola.

Elle réfléchissait parfois plus clairement quand elle chantonnait.

– Son oreiller! s'écria Quinn.

C'était évident! Toutes les filles se mirent à crier en même temps, et Lola, Quinn et Nicole détalèrent en direction de la chambre de Lola, laissant Zoé monter la garde auprès du coffre-fort et leur crier des encouragements.

À côté du coffre-fort bleu, les garçons étaient toujours en cercle.

– Pour avoir du lait! cria enfin Logan en agitant un doigt vers ses coéquipiers.

– Du lait! répéta Michael. Dans le frigo! Allons-y!

Logan, Dustin et Michael se dirigèrent en courant vers la cuisine.

– Michael, cria Chase derrière eux. J'ai un problème!

Il pointa le doigt vers la poche où il avait caché le TekMate de Zoé.

Michael se retourna à peine.

– Plus tard! cria-t-il en grimpant quatre à quatre les marches qui menaient à la maison.

Il n'y avait rien à faire pour le moment!

Nicole, Quinn et Lola se précipitèrent dans la chambre qui avait été attribuée à celle-ci et se ruèrent sur l'immense lit, en lançant de tous les côtés des coussins rouges, orange et jaunes. Il y en avait tellement qu'elles étaient obligées de les examiner un par un pour savoir sur lequel était caché l'indice.

Elles tombèrent enfin sur un coussin rayé, au-dessous de la pile. Lola le retourna et vit une enveloppe rouge sur laquelle était inscrit le chiffre quatorze.

– Quatorze! s'écria-t-elle.

– Quatorze! répétèrent Quinn et Nicole à l'unisson.

– Bon, bon, bon, le premier numéro, c'est quatorze, dit Lola en se calmant légèrement.

– Parfait! dit Nicole en prenant une grande inspiration.

Elles avaient leur premier chiffre, mais il leur en restait deux à trouver.

– Maintenant, ouvrons l'enveloppe pour savoir quel est notre deuxième indice! ordonna-t-elle à ses coéquipières.

Quinn, la main serrée sur le bout de papier jaune, remonta ses lunettes sur son nez.

– « Il faut trouver le deuxième chiffre, et ça presse. Il est dans un endroit où l'on cuisine en vitesse », articula-t-elle.

Lola tentait de lire par-dessus l'épaule de Quinn.

– Bon, réfléchissons. Euh... « Où l'on cuisine en vitesse... »

Nicole fixait le plafond en se demandant où pouvaient bien se trouver les cuisiniers les plus rapides. Elle avait trouvé!

– En France! cria-t-elle.

Les cuisiniers étaient rapides, en France, non?

Lola regarda son amie, découragée.

– Ouais, c'est ça, Nicole, alors dépêchons-nous de nous rendre en France! dit-elle, sarcastique.

À quoi pensait-elle, cette fille?

Nicole haussa les épaules. Au moins, elle faisait des suggestions...

– Un micro-ondes! s'exclama soudain Quinn.

Évidemment! Les trois filles poussèrent un cri de joie et sortirent en courant de la chambre, en laissant les coussins éparpillés.

Les garçons étaient déjà à la cuisine. Dustin avait ouvert l'énorme réfrigérateur et fouillait les rayons, à la recherche du lait.

– Où est le lait? cria-t-il.

– Ici!

Logan s'empara d'un litre de lait et l'inclina. Une enveloppe bleue, sur laquelle était inscrit un chiffre, était collée en dessous.

– Vingt-sept! s'écria-t-il.

Un indice de trouvé, deux autres à chercher. Ils allaient remporter cette épreuve en un rien de temps.

– Bon, alors le premier chiffre, c'est vingt-sept! annonça Michael en décollant l'enveloppe tandis que Logan refermait la porte du réfrigérateur.

– Lis l'indice suivant! cria Dustin.

Il était encore tellement survolté par le Frazz qu'il était incapable de rester tranquille une seconde. Mais les autres garçons étaient presque aussi excités que lui, sous l'effet de l'adrénaline.

– « Pour trouver le prochain chiffre, pas besoin d'effort considérable. Il vous suffit d'aller voir une créature adorable », lut Logan.

– Une créature adorable? fit Dustin en se grattant le crâne.

Mais ces deux mots avaient rappelé quelque chose à Michael... ou plutôt quelqu'un.

– Lisa Lillien! dit-il en faisant claquer ses doigts.

– Qui est Lisa Lillien? demanda Logan, interloqué, en jetant un coup d'œil à Michael qui semblait soudain rêver tout éveillé.

– C'était une fille adorable qui vivait près de chez moi, fit Michael en se redressant, pris par le souvenir de cette voisine particulièrement jolie. Elle avait un de ces sourires...

– Concentre-toi, mon vieux! cria Logan en tapant sur l'épaule de Michael.

Ils n'avaient pas de temps pour ça. Il devait ramener Michael sur Terre, et vite.

– Hé! t'as pas dit que ton père avait un bébé lapin? demanda Dustin à Logan, sans cesser de sautiller sur place.

– Ouais, et alors?

Où est-ce qu'il voulait en venir?

– Une créature adorable... dit Michael en ouvrant de grands yeux, étonné que Logan n'ait pas saisi l'allusion.

Logan comprit enfin.

– Oui! Allons-y!

Logan se précipita hors de la cuisine, Michael et Dustin sur les talons.

Pendant que les garçons sortaient par une porte, Nicole, Quinn et Lola entraient par une autre.

– Bon, où est le micro-ondes? demanda Lola.

– Là! montra Quinn.

Nicole appuya sur un bouton et tira sur la poignée de l'appareil noir ultramoderne. Encore une fois, elles avaient vu juste. L'indice était à l'intérieur de la porte.

– Sept! lança Nicole avant même de décoller l'enveloppe.

– Dépêchons-nous, il nous en reste seulement un à trouver! dit Lola pour les encourager.

Tout allait bien. Ses débuts à la télévision n'allaient pas tarder, elle en était sûre.

– Ouvre-la! pressa Quinn, impatiente.

– D'accord, hmmm... « Encore une directive, et ce sera la dernière. Cherchez, vers le nord, le siège rouge qui vole d'avant en arrière », lut Nicole.

Les trois filles se regardèrent. Elles parcoururent la cuisine des yeux, puis se regardèrent à nouveau. Personne ne disait mot. Personne n'avait de suggestion à faire.

– « ... qui vole d'avant en arrière », relut Nicole.

Elle n'avait absolument aucune idée de ce que ça pouvait être.

– Qu'est-ce que c'est? demanda-t-elle, à personne en particulier.

– Qu'est-ce que ça veut dire? gémit Lola, frustrée, en

agitant les bras.

Ça ne voulait rien dire!

Dehors, Michael, Dustin et Logan dépassèrent les jardins du côté est de la maison et poursuivirent leur course jusqu'au clapier. Dans sa cage, un petit lapin blanc et noir, aux longues oreilles tombantes, grignotait tranquillement son repas du matin. Et, surtout, le dernier indice destiné aux garçons était accroché à une ficelle à côté de lui.

– Cookie! salua Logan en ouvrant la cage pour récupérer l'indice.

Il n'avait pas le temps de s'occuper du bébé lapin de son père pour le moment.

– Douze! lurent les garçons sur l'enveloppe.

Ils avaient déjà parcouru les deux tiers du chemin.

– Douze! Douze! chantonnaient Dustin et Michael.

– Il nous en reste un à trouver! avertit Michael, impatient que Logan leur lise le dernier indice.

À ses côtés, Dustin sautillait toujours en agitant les bras.

– Bon, dit Logan. « Encore une directive, et ce sera la dernière. Cherchez, vers le nord, le siège bleu qui vole d'avant en arrière. »

Les trois garçons se regardèrent, parcoururent le jardin des yeux, puis se regardèrent à nouveau. Ils n'avaient aucune idée de ce que cela pouvait être.

– Qu'est-ce que ça veut dire? demanda Michael, frustré, en levant les mains au ciel.

Logan en arrachait presque ses boucles brunes.

– Où est le nord? marmonna-t-il.

Personne ne répondit. On n'entendait que Cookie, qui

poursuivait son repas.

Dans la cuisine, les trois filles étaient toujours en train de se creuser la tête.

– Quelle sorte de siège peut bien voler d'avant en arrière? demanda Lola en faisant les cent pas.

Elle sentait diminuer ses chances de passer à la télé. Il fallait qu'elle trouve la réponse.

Nicole commençait vraiment à paniquer. Elles devaient absolument remporter cette épreuve!

– À part une balançoire, je ne vois pas... ajouta-t-elle.

– Une balançoire, bien sûr! s'exclama Quinn.

C'était tellement évident! Pourquoi n'y avaient-elles pas pensé avant?

– Allons-y! cria Lola.

Un instant plus tard, elles couraient toutes les trois dans le couloir en criant, à la recherche d'une balançoire.

Pendant ce temps, au clapier, Cookie continuait de grignoter. Et les garçons, de réfléchir.

– Un siège bleu qui vole d'avant en arrière...

Logan espérait que, s'il répétait l'indice assez souvent, la réponse leur sauterait aux yeux. Et, de fait...

– Est-ce qu'il y a des balançoires, chez toi? s'écria soudain Dustin.

– Des balançoires! répéta Logan.

Bien sûr...

– Oui! lança-t-il en levant le poing dans les airs en signe de victoire.

– Venez! fit Michael en attrapant Logan par le bras.

Ils n'avaient pas le temps de célébrer. Ils devaient d'abord trouver les balançoires!

Dustin en tête, les garçons s'élancèrent vers les balançoires. Dustin, toujours aussi plein d'énergie, retourna vite le siège bleu et s'empara de l'enveloppe collée en dessous.

– Trente-six! annonça-t-il.

– Trente-six! reprirent les autres en écho.

– Alors, notre combinaison, c'est vingt-sept, douze, trente-six! proclama Michael.

Ils avaient tout ce qu'il leur fallait. Il ne leur restait plus qu'à retourner vers les coffres-forts avant les filles.

Juste au moment où Michael répétait les chiffres de leur combinaison, les trois filles arrivèrent en courant sur la pelouse. Elles avaient résolu la troisième énigme elles aussi et se dépêchaient d'aller chercher leur dernier chiffre.

Lola, Quinn et Nicole, hors d'haleine, déchirèrent la dernière enveloppe rouge, collée sous la balançoire, et lurent le chiffre à voix haute.

– Vingt et un! cria Lola.

– Notre combinaison est donc quatorze, sept, vingt et un! récapitula Quinn.

Logan refusait de se laisser distraire par les filles surexcitées.

– Michael, cria-t-il, c'est toi qui cours le plus vite! Apporte les chiffres à Chase pour qu'il puisse ouvrir le coffre-fort!

Michael secoua la tête et refusa de prendre les bouts de papier sur lesquels étaient inscrits les indices.

– C'est lui le plus rapide, avec tout le Frazz qu'il a bu! dit-il en montrant Dustin.

Le gamin vibrait tellement qu'on avait l'impression de le

voir en double.

— Oui! Oui! approuva Dustin, qui aurait bien aimé rester aussi rapide toute sa vie. Donne-les-moi!

Il s'empara des trois bouts de papier et détala comme une flèche... en criant et en riant comme un fou.

— Vas-y, le petit! cria Michael derrière lui.

— Allons-y!

Logan fit signe à Michael, et les deux garçons emboîtèrent le pas à SuperDustin.

— Laquelle de nous trois court le plus vite? demanda Nicole, désespérée.

De toute évidence, les garçons étaient en avance...

— Pas moi, s'empressa d'expliquer Quinn. J'ai un orteil de trop au pied droit.

— On s'en fiche! coupa Lola.

Ce n'était pas le moment d'entendre parler des bizarreries de Quinn.

— On est pas capables de courir plus vite qu'eux!

Il leur fallait une autre solution.

— TekMate! s'écria Quinn dans un souffle.

— Qu'est-ce que tu racontes? demanda Nicole, perplexe.

Un TekMate, ça n'était pas une bicyclette...

— On va envoyer un message texte à Zoé!

Quinn parlait tellement vite qu'elle était difficile à comprendre.

— Quinn, t'es géniale! piailla Nicole en sautillant sur place.

Elles allaient gagner, sûrement!

— Vas-y! encouragea Lola.

Elles devaient faire vite.

– Parfait!

Quinn alluma son TekMate et se mit à taper les chiffres que Nicole avait à la main.

– Euh... quatorze... sept... vingt et un... et c'est parti!

– Bon, allons-y!

Lola prit la tête de la procession vers le coffre-fort rouge et leur chef d'équipe, qui devait avoir déjà reçu le message – et la combinaison gagnante. Grâce au TekMate, cette petite merveille de la technologie des communications, elle venait soudain de se rapprocher de Hollywood!

La combinaison gagnante

Zoé attendait impatiemment à côté de son coffre-fort. Elle tapait du pied, nerveuse, tout en s'étirant le cou pour essayer de voir le plus loin possible. Elle savait que ses coéquipières étaient astucieuses, mais seraient-elles plus rapides que les garçons? À côté d'elle, Chase semblait encore plus nerveux. Il trépignait en lui envoyant la main avec un sourire mi-figue, mi-raisin.

C'étaient peut-être le père de Logan et les juges qui l'énervaient comme ça. Ils étaient tout près, leurs planchettes à pince à la main, et bavardaient à voix basse comme s'il se passait quelque chose d'important.

Zoé entendit enfin des cris provenant de la maison. Mais ce n'étaient pas ses coéquipières. C'était son frère.

Dustin fonçait vers Chase comme un boulet de canon. Derrière lui, Logan et Michael, à bout de souffle, suivaient tant bien que mal. Dustin franchit en courant la porte vitrée, sauta en bas des quatre marches menant à la pelouse, atterrit un peu durement et poursuivit sa course.

— Voici le gamin, fit remarquer M. Reese tandis que les

garçons passaient devant lui en courant.

– Vingt-sept, douze, trente-six! cria Dustin.

Il fourra les bouts de papier dans la main de Chase, qui commença aussitôt à faire tourner le cadran.

– Vite! cria Logan en donnant une claque sur l'omoplate de Chase.

Il était tellement essoufflé qu'il pouvait à peine parler. Avec tout le Frazz qu'il avait bu, Dustin était imbattable à la course!

– Vas-y! haleta Michael, qui arrivait derrière Logan. Vite, dépêche-toi!

Chase prenait son temps. S'il allait trop loin, il manquerait un chiffre et devrait tout recommencer.

– Vingt-sept, dit-il en s'arrêtant sur le premier chiffre.

Il fit tourner le cadran dans l'autre direction.

– Douze, annonça-t-il.

Il regarda derrière lui pour voir si les filles arrivaient. Aucun signe de l'équipe adverse. Encore un chiffre, et la porte s'ouvrirait...

– Trente-six, lança-t-il à ses coéquipiers.

Il souleva la poignée du coffre-fort, qui s'ouvrit pour révéler le mystérieux objet qui y était caché.

Chase cligna des yeux, perplexe, en voyant le contenu du coffre-fort.

Une seconde plus tard, il en retirait un verre givré rempli d'un liquide ambré.

– Du thé glacé? fit-il, éberlué.

– Laisse...

Michael se fichait bien de ce que c'était. Chase n'avait

qu'à continuer de suivre les directives et remettre le contenu du coffre à M. Reese — et vite! Il n'avait donc pas écouté les instructions avant la course?

Chase reprit ses esprits. Il courut porter l'étonnante boisson au producteur de télévision et la lui remit, impatient de savoir ce qu'ils avaient gagné.

Lentement, M. Reese porta le verre à ses lèvres, prit une gorgée du liquide et la savoura comme s'il avait tout son temps. Après avoir avalé sa gorgée et regardé les juges pour obtenir leur confirmation, il ouvrit enfin la bouche.

— Les garçons remportent la première épreuve, annonça-t-il avec un grand sourire avant de porter le sifflet à ses lèvres.

Zoé quitta son poste et se dirigea lentement vers le podium, où les garçons s'empilaient les uns sur les autres comme des joueurs de football à la fin d'un match victorieux. Elle était complètement découragée. Où étaient les filles? Elle avait cru que la compétition serait quand même un peu plus serrée...

Quinn, Lola et Nicole arrivèrent enfin en courant jusqu'à la petite foule réunie près du podium. Pour des perdantes, elles paraissaient curieusement satisfaites...

— Est-ce qu'on a gagné? demanda Nicole, une lueur d'excitation dans les yeux.

Elle ne voyait donc pas les garçons en train de célébrer leur victoire à deux pas de là?

— Comment est-ce qu'on aurait pu gagner? demanda Zoé, frustrée. Vous m'avez pas apporté la combinaison!

Les sourires qui illuminaient le visage de ses amies disparurent instantanément.

– On t'a envoyé un message texte! s'exclama Nicole, dépitée.

Elle avait vraiment cru qu'elles avaient gagné.

– Tu l'as pas reçu?

Zoé baissa les yeux vers sa ceinture.

– Non! fit-elle.

La petite courroie qui retenait normalement son TekMate dans son étui était détachée, et l'étui était vide. Zoé releva la tête brusquement.

– Hé! Où est mon TekMate?

– Tu l'avais quand on a commencé! dit Nicole.

Elle se souvenait de l'avoir vu suspendu à la hanche de Zoé pendant la présentation du jeu.

– Attends, je vais t'appeler, dit Quinn, avec sa logique habituelle.

Elle avait déjà sorti son propre TekMate et appuyait sur des boutons. On pouvait toujours compter sur Quinn pour trouver une solution rapidement.

Un peu plus loin, Chase surveillait nerveusement les filles. Il avait entendu toute leur conversation – comme les autres, d'ailleurs. Et, maintenant que Quinn composait le numéro, tout le monde allait se rendre compte que c'était lui qui...

La sonnerie provenant de la poche de Chase interrompit tragiquement le cours de ses pensées. La petite célébration des garçons était terminée...

Tous les yeux se tournèrent vers Chase. Quand il croisa le regard de Zoé, il se sentit blêmir. Elle était vraiment furieuse.

Chase se mit à siffloter comme si de rien n'était, en espérant que l'orage passerait très vite. Mais, comme d'habitude, il se trompait.

– Chase?

Zoé semblait encore plus perplexe que l'avait été Chase en trouvant le verre de thé glacé dans le coffre-fort.

Il n'y avait pas d'issue possible. Chase mit la main dans sa poche.

– Je... heu... je l'ai trouvé, dit-il, penaud, en sortant le TekMate rose de Zoé.

– T'as pris le TekMate de Zoé?

Lola n'en croyait pas ses yeux. Chase lui avait toujours paru honnête. Elle n'aurait jamais cru qu'il pouvait être un tricheur.

– Ben... Je... Je l'ai... tenta Chase, qui cherchait désespérément une excuse.

Il n'avait pas cherché à saboter l'équipe des filles! Il voulait seulement se sortir d'affaire!

– T'as triché! accusa Nicole, outrée.

– Non, intervint Logan pour défendre son copain... et surtout, sa victoire. Il a appliqué une stratégie astucieuse!

– Il a triché! dit Lola, d'un ton sans appel.

Il ne servait à rien de nier que Chase était allé trop loin. Quinn était dégoûtée.

– Je peux pas croire que t'as essayé de gagner comme ça, dit-elle en secouant la tête.

– Non! insista Chase.

Comment pouvait-il leur faire comprendre la vérité?

Michael comprenait, lui. Il aurait bien voulu faire quelque chose, mais quoi?

– Chase est pas un tricheur, dit-il.

Tout le monde savait que ce n'était pas son genre, non?

– Mais le père de Logan a dit qu'on pouvait se servir de nos TekMates pour communiquer! souligna Lola.

– Alors, Chase a pris celui de Zoé pour saboter nos communications! lança Quinn, de plus en plus en colère.

– Non, je vous jure que non! insista Chase.

Mais s'il leur révélait la véritable raison pour laquelle il avait pris l'appareil, il devrait tout avouer. Et les choses avaient beau aller très mal en ce moment, il n'était vraiment pas prêt pour ça.

– Alors, pourquoi tu l'as pris? poursuivit Lola.

Elle attendait une réponse, les bras croisés, avec une expression qui disait clairement : « T'es mieux d'avoir une bonne explication. »

Chase regarda les filles. Il lut sur leurs visages beaucoup de colère. Mais l'expression de Zoé était la pire de toutes. Immobile, les mains sur les hanches, Zoé semblait surtout... déçue.

– Dis-moi seulement pourquoi tu l'as pris et je croirai que t'as pas triché, dit-elle avec insistance.

Chase était accablé. Il aurait voulu lui dire la vérité, vraiment! Mais il ne pouvait pas. Il ne pouvait pas risquer de perdre son amitié.

– Dis-moi pourquoi, répéta Zoé.

Chase lança à Michael un regard désespéré. Qu'est-ce qu'il y avait de pire? Que sa meilleure amie le prenne pour un tricheur, ou qu'elle ne soit plus sa meilleure amie parce qu'il lui aurait avoué qu'il l'aimait?

Michael haussa les épaules. Que pouvait-il dire? Il n'y

avait pas de réponse facile.

Lola vit dans le silence de Chase la preuve de sa culpabilité.

– Vous voyez? déclara-t-elle avec véhémence. Je vous l'avais dit, qu'il avait triché!

L'expression que Chase lut dans les yeux de Zoé lui fut insupportable.

– Je peux pas croire que t'as fait ça, dit-elle en secouant la tête.

Elle lui arracha son TekMate des mains et le bouscula en se dirigeant vers la maison, suivie de ses coéquipières – qui lancèrent l'une après l'autre un regard furieux à Chase en passant à côté de lui.

Les choses allaient de mal en pis. Chase suivit Zoé des yeux.

– Zoé... appela-t-il.

Mais elle ne se retourna même pas.

Il ne lui restait qu'une chose à faire : courir après elle. Chase gravit les marches quatre à quatre. Il devait vider l'abcès, et vite.

Logan haussa les épaules. Il ne comprenait pas tout à fait ce qui venait de se passer, mais ça n'avait pas vraiment d'importance.

– Au moins, on a gagné, déclara-t-il avec suffisance.

Michael et Dustin lui lancèrent un regard de travers. Il n'y avait que Logan pour penser à lui-même dans un moment pareil!

M. Reese, Kira et les juges avaient assisté à toute la scène en silence. Enfin, après le départ des filles, Kira se tourna vers son patron.

– Vous ne disqualifiez pas les garçons? demanda-t-elle, étonnée.

– Mais je ne peux pas les disqualifier, répondit M. Reese avec un haussement d'épaules plein de suffisance qui n'était pas sans rappeler celui de son fils.

Kira ouvrit de grands yeux, attendant une explication de M. Reese.

– Logan est mon fils, ajouta-t-il, un peu penaud, en prenant une gorgée de thé glacé.

Tel père, tel fils, décidément!

Dégoûtée, Kira leva les yeux au ciel et s'éloigna. M. Reese parut à peine remarquer son départ. Il prit une autre gorgée.

– Ooh, c'est bon! dit-il à personne en particulier.

Voleur, tricheur, menteur

Zoé marchait vers la maison d'un pas décidé. Elle contourna le balcon de côté et s'engagea sur la rampe qui menait à sa chambre. Chase l'appelait toujours, à quelques pas derrière elle, mais elle était trop en colère pour se retourner. Elle avait besoin de temps pour se calmer et réfléchir.

– Zoé... Zoé...

Chase semblait vraiment désolé. Que lui voulait-il? Que pourrait-il dire pour redresser la situation?

– Zoé, s'il te plaît... plaida-t-il.

Zoé finit par se retourner. Elle jeta à Chase un regard dur. Comment pourrait-elle lui faire comprendre à quel point elle se sentait trahie?

– T'es la dernière personne au monde que j'aurais pu imaginer comme tricheur, lui dit-elle.

Elle n'en revenait pas. Chase était le premier garçon qu'elle avait rencontré à son arrivée à la PCA, et ils étaient devenus de bons amis. Ils s'entraidaient et partageaient toutes sortes de choses. C'était vers lui qu'elle se tournait dès que quelque chose n'allait pas. Elle avait confiance en lui.

– J'ai pas triché! insista Chase.

– Mais t'as pris mon TekMate! s'exclama Zoé.

C'était un fait : tout le monde l'avait vu sortir l'appareil de sa poche.

– Je sais, admit Chase, la tête basse.

Il avait l'air penaud, et même... honteux.

– Je l'ai pris, ajouta-t-il.

– Et ça nous a fait perdre l'épreuve, poursuivit Zoé.

– Mais je l'ai pas fait exprès, expliqua Chase.

C'était la stricte vérité!

Zoé regarda durement Chase. Elle avait l'impression qu'il disait la vérité, mais...

– Toutes les filles pensent que oui.

– Alors? Juste parce qu'elles pensent que je suis un menteur et un tricheur, est-ce que tu dois le penser toi aussi? demanda Chase, inquiet.

Après un an et demi d'amitié, Zoé n'avait donc rien compris? Elle le connaissait donc si mal?

– Hé! n'essaie pas de me mettre ça sur le dos! dit Zoé avec véhémence.

Ce n'était pas elle, l'accusée. C'était Chase. Et il se défendait bien mal...

– Je peux tout simplement pas croire que tu puisses m'accuser de...

– Je t'accuse de rien du tout! coupa Zoé. Je te demande seulement de me dire la vérité! Dis-moi pourquoi t'as pris mon TekMate, et je suis prête à te croire!

Ce n'était pas trop lui demander...

Chase enfouit ses mains dans ses poches. Il prit une

grande inspiration, regarda Zoé, puis détourna les yeux.

— Je... heu... je peux pas, dit-il.

— Pourquoi? demanda Zoé.

Elle ne comprenait pas. Qu'est-ce qu'il y avait de si difficile à expliquer? Qu'est-ce qu'il cherchait à lui cacher?

— Qu'est-ce que tu me caches?

Chase était incapable de répondre à la question. Il ne pouvait lui dire qu'une partie de la vérité... une partie très importante, malgré tout. Il la regarda droit dans les yeux.

— Zoé, j'ai pas triché, dit-il. Tu sais que je suis un gars honnête.

Zoé soupira. Elle le savait, oui. Mais elle n'en était plus tout à fait certaine...

— Les gens honnêtes ont rien à cacher, murmura-t-elle tristement.

Puis, après un dernier regard vers Chase, elle passa à côté de lui et descendit la rampe.

Chase la regarda partir.

— Et maintenant, tu t'en vas, juste comme ça? demanda-t-il.

— Ouais! répondit Zoé sans se retourner.

— Alors, qu'est-ce que ça veut dire? implora Chase. Il avait peur de la réponse, mais il devait savoir à quoi s'en tenir.

— On n'est plus des amis?

Zoé s'arrêta. Elle se retourna lentement et plongea ses yeux noirs dans ceux de Chase. Il eut l'impression d'avoir reçu un coup de poing en pleine poitrine. Zoé n'était pas fâchée. Elle était blessée et — pire encore — déçue. Chase s'effondra sur la balustrade. Il avait simplement voulu sauver son amitié avec

Zoé.

Et il l'avait perdue de toute manière.

CHAPITRE

10

Transformation complète

Le lendemain, l'atmosphère avait légèrement changé sur le plateau de « La Guerre des sexes ». Tout le monde – sauf Dustin, encore sous l'effet du Frazz – semblait un peu déprimé. Zoé et Chase ne s'adressaient toujours pas la parole, et les filles voulaient absolument égaler la marque.

À côté de la piscine, Kira et M. Reese expliquaient l'épreuve à venir.

– La prochaine épreuve fait appel à votre créativité, annonça M. Reese. C'est la métamorphose des nerds.

Michael haussa les sourcils et leva la main.

– C'est quoi, une métamorphose de nerds?

Kira le regarda d'un drôle d'air.

– C'est quand on prend des nerds et qu'on les métamorphose, expliqua-t-elle.

Michael hocha la tête d'un air entendu, comme s'il connaissait déjà la réponse.

– Ahhh, fit-il en baissant la main.

Il se trouvait un peu stupide. Maintenant que Kira avait répondu à sa question, cela semblait plutôt évident.

Logan poussa un gémissement et donna une claque à son coéquipier. Quel âge avait-il, six ans? Il allait faire passer les garçons pour des imbéciles, alors qu'ils devaient paraître sous leur meilleur jour. C'est aujourd'hui qu'ils allaient remporter la victoire!

Chauncey s'avança. Comme d'habitude, il était raide et empesé dans son smoking.

– Voici vos nerds, dit-il lentement avec son fort accent britannique, en faisant un geste vers les pauvres cobayes de « La Guerre des sexes ».

– D'abord, de Fresno, Californie, je vous présente Marty Felzenberg, annonça M. Reese comme s'il présentait une participante dans un concours de beauté.

Un jeune homme dans la vingtaine, le dos voûté, s'avança vers eux en agitant la main timidement.

– Marty vient d'obtenir sa maîtrise en géologie. Il a vingt-six ans et il n'a jamais embrassé une fille, précisa Kira.

À voir comment Marty était habillé, on comprenait facilement. Il portait une chemise à carreaux trop grande pour lui, boutonnée jusqu'au cou, et un pantalon kaki à plis dont il avait rentré le bas dans ses chaussettes. Il avait d'épaisses lunettes à monture noire, et ses cheveux ondulés, séparés en deux au milieu, lui collaient sur la tête.

– Ça, pour avoir l'air nerd, il a l'air nerd, confirma Logan avec suffisance.

Nicole lui donna une petite tape sur l'épaule. Ce n'était pas gentil! Et puis, elle ne voulait pas que son équipe se retrouve avec cette andouille!

– Ensuite, de Davenport, Iowa, je vous demande d'accueillir

Nelson Parnell, poursuivit M. Reese en présentant le second nerd.

Zoé sourcilla en voyant le deuxième jeune homme apparaître derrière les arbustes qui bordaient la piscine. Si la chose était possible, il avait l'air encore plus lamentable que le premier. Il était moins grand, ses cheveux noirs étaient lissés vers l'arrière, et il portait un coupe-vent bleu pâle. Comme pour l'autre garçon, tous les détails que donna Kira confirmèrent l'impression laissée par son habillement.

— Nelson collectionne les sabres anciens, il a une impressionnante collection de monnaie et il aime prendre ses vacances avec... sa mère, expliqua Kira avec un petit sourire.

Nelson haussa les épaules en souriant. Il semblait presque fier de ces détails, et Zoé était certaine qu'il aurait pu leur parler pendant des heures de chacune des pièces de monnaie de sa fameuse collection.

— Votre mission... fit M. Reese en faisant une petite pause pour ménager ses effets, consiste à prendre ces deux garçons et à les rendre... exceptionnellement cool.

« *Aïe*! se dit Lola. *Mission impossible*! »

— L'équipe des garçons va s'occuper de Marty. Les filles, je vous confie Nelson, indiqua Kira en désignant à chacun des jeunes hommes l'équipe qui allait le prendre en main.

Derrière le groupe des jeunes, on entendit la voix pompeuse de Chauncey.

— Tout le matériel dont vous aurez besoin se trouve de ce côté, dit-il en montrant derrière lui, sur sa gauche, des penderies mobiles remplies de vêtements et des tables garnies de produits de toilette, d'accessoires et d'autres objets hétéroclites.

– Tout le monde est prêt? demanda Kira.

– Oh, euh... Je peux poser une question? demanda Michael en agitant la main.

– Non, répondit M. Reese avant de porter le sifflet à ses lèvres. C'est parti pour la métamorphose des nerds!

Les deux équipes s'emparèrent de leurs victimes respectives et les poussèrent vers le matériel mis à leur disposition.

Il fallait commencer par le commencement. En quelques secondes, les filles avaient déshabillé Nelson – en lui laissant toutefois son caleçon boxeur –, et Nicole l'arrosait au boyau. Le pauvre garçon sautait d'un pied sur l'autre sous le jet d'eau glacée. Il paraissait si malheureux que Nicole eut presque pitié de lui. Mais il fallait bien qu'il paie le prix pour ses faux-pas vestimentaires. Personne n'avait jamais dit qu'il était facile d'être cool!

Les garçons n'étaient pas plus tendres avec Marty. Michael faisait les honneurs du boyau d'arrosage pendant que Marty tournait en rond frénétiquement en se plaignant du froid. Ils n'avaient pas le temps de lui faire couler un bain chaud. Le mieux qu'ils pouvaient faire, c'était un arrosage à l'eau froide.

Après leur douche improvisée, Nelson et Marty furent poussés rapidement vers deux fauteuils de coiffeur pour un shampoing énergique, rincé par un dernier jet de boyau d'arrosage.

Nelson agitait les mains devant lui comme un phoque savant, dans un effort pour se protéger du jet d'eau. Les deux jeunes hommes faisaient leur possible pour garder leurs lunettes.

Une fois propres et vêtus chacun d'un tee-shirt et d'un caleçon sec, les deux cobayes furent assis de nouveau dans les fauteuils de coiffeur. Il était temps de passer aux choses sérieuses.

— Enlève-lui ces poils dans le nez! s'exclama Nicole, horrifiée par la touffe de poils qui sortait des narines de Nelson.

C'était une tâche essentielle.

Zoé s'empara d'un petit rasoir et se mit au travail, sans s'occuper des gémissements de douleur de Nelson.

— Arrange ses sourcils! aboya Dustin à l'équipe bleue.

Les épais sourcils qui obscurcissaient les yeux de Marty avaient besoin d'un sérieux travail.

Michael se mit aussitôt à épiler Marty en faisant la sourde oreille aux protestations de sa victime. Il faut souffrir pour être beau, comme on dit. Être cool, ça demande du travail.

— Maman!!! appela Nelson de son fauteuil, en battant l'air de ses pieds.

Il souffrait manifestement le martyre, et Zoé se sentait mal pour lui. Mais le résultat en vaudrait la peine. Et les filles devaient gagner!

Une fois son visage débroussaillé, Nelson dut laisser les filles s'occuper de ses cheveux. Lola brandit le séchoir et de la crème à coiffer. Nicole, elle, s'était munie d'un peigne. L'apparence de Nelson commençait sérieusement à s'améliorer. Mais qu'est-ce qu'il lisait, exactement?

Lola jeta un coup d'œil par-dessus son épaule tout en continuant à lui sécher les cheveux. Était-il vraiment en train de lire un article sur le cycle de vie des papillons monarques? Lola lui prit le magazine des mains et regarda la page couverture. En effet, c'était « Papillons fabuleux ». Pas acceptable... et certainement pas cool. Lola, dégoûtée, se débarrassa du magazine.

Les filles mirent enfin la touche finale au visage et à la coiffure de Nelson. Il était temps de penser à l'habiller. Évidemment, il choisit dans une des penderies la chemise la plus affreuse de toutes celles qui lui étaient proposées!

Nicole fit la grimace en regardant la chemise comme s'il s'agissait d'un animal mort.

– Ouache! déclara Zoé.

Nicole s'empara prestement de l'horrible chemise à carreaux bleus et la remit dans la penderie.

À quelques mètres de là, les garçons s'efforçaient d'habiller Marty. Il n'était pas trop mal, en tee-shirt, jean et veste sport, sauf qu'il n'arrêtait pas de remonter son jean jusque sous ses aisselles. Michael avait l'impression de voir son grand-père! Exaspéré, il abaissa brusquement le pantalon jusqu'à ce qu'il repose sur les hanches de Marty.

Après trois essais, les filles avaient finalement choisi pour Nelson une chemise rouge, un jean, un blazer à rayures et des sandales. Pas mal, mais il manquait encore quelque chose. Nicole lui posa sur le nez une paire de lunettes de soleil à la dernière mode, et il regarda autour de lui comme un acteur sur un plateau de cinéma. Les filles vérifièrent leur travail et hochèrent la tête, satisfaites. Nelson avait l'air d'un parfait Californien cool!

De leur côté, maintenant que le jean de Marty était à la bonne place, les garçons lui trouvèrent des accessoires. La touche finale fut une paire de lunettes rectangulaires à monture très large sur les tempes.

– C'est réussi! applaudit Lola tandis que les autres filles traînaient rapidement Nelson vers les juges, à deux pas devant les garçons et le jeune homme qu'ils venaient de métamorphoser.

Juste au moment où les deux équipes s'arrêtaient devant les juges, M. Reese siffla.

– Votre temps est écoulé! annonça-t-il. Voyons les résultats.

Prêtes à être jugées, l'équipe rouge et l'équipe bleue se tenaient de part et d'autre du père de Logan et de son groupe. Leurs nerds transformés étaient cachés derrière eux en attendant le moment où les deux équipes devraient montrer leur produit fini.

Zoé était tellement nerveuse qu'elle avait presque oublié sa dispute avec Chase.

Les garçons furent les premiers à révéler le fruit de leur travail.

– Mesdames et messieurs, annonça Michael en tendant le bras vers leur ex-nerd devenu cool, je vous présente le nouveau Marty Felzenberg!

– Yééé! s'écrièrent Logan et les autres garçons.

Marty avait vraiment fière allure!

Logan et Chase se séparèrent, et Marty s'avança. Il était en effet beaucoup plus cool qu'avant. Il portait maintenant un tee-shirt d'un bel orange délavé sous une chemise rouge foncé (déboutonnée), le tout assorti à un blazer brun et à un jean à taille basse. Ses cheveux étaient savamment décoiffés. Il pointa l'index vers les juges, qui applaudirent poliment, approuvèrent d'un hochement de tête et notèrent rapidement quelques commentaires sur leurs planchettes à pinces.

C'était maintenant au tour de l'équipe des filles. Zoé retenait son souffle, au comble de l'excitation.

– Je vous présente à tous, Nelson Parnell, en version revue et améliorée! annonça Quinn en désignant le garçon debout derrière ses coéquipières.

Les filles firent un pas de côté, et un Nelson parfaitement décontracté fit son apparition. Il pointa les index des deux mains vers les juges. Les fines rayures de son blazer faisaient ressortir la ceinture blanche, à la dernière mode, qui retenait son jean à taille basse. Sa coupe en brosse sculptée était magnifique et lui allait vraiment bien. Même les garçons de l'équipe adverse étaient épatés.

L'allure des deux jeunes hommes s'était grandement améliorée. Plus personne n'aurait pu les traiter de nerds. M. Reese, Kira et les autres juges étaient très impressionnés. Ils allaient avoir du mal à trancher.

Nicole, Zoé, Lola et Quinn bavardaient nerveusement pendant que les juges se consultaient. Ceux-ci semblaient avoir une foule de choses à se dire. Mais que pouvaient-ils donc se raconter?

Enfin, M. Reese et Kira se tournèrent vers les deux équipes. Le juge principal remit à M. Reese un bout de papier plié.

– Et l'équipe gagnante est... lut le père de Logan après avoir déplié le papier.

Les huit jeunes attendaient, immobiles et silencieux, en

retenant leur souffle.

– Celle des filles! termina M. Reese.

Les filles se mirent à rire et à crier toutes en même temps en tombant dans les bras l'une de l'autre. Elles avaient gagné! Les deux équipes étaient à égalité!

– Ben voyons donc! protesta Logan d'une voix forte. Il prend ses vacances avec sa mère!

Zoé poussa un énorme soupir de soulagement. Que Chase ait triché ou pas, elles avaient encore une chance de l'emporter. Une bonne chance...

Dustin, dépité, leva les yeux vers Marty et ses coéquipiers. À les voir, on aurait dit que c'était la fin du monde.

– Ah, zut! On a perdu! fit Dustin en baissant les bras.

Puis il eut un grand sourire.

– Je vais courir en cercles!

Il se mit à tourner autour du groupe en courant de plus en plus vite, avec un grand rire maniaque.

Michael le regardait courir, éberlué. Frazz était vraiment une boisson du tonnerre!

Et l'équipe gagnante est...

Quelques heures plus tard, les deux équipes de « La Guerre des sexes » étaient réunies sur la pelouse, impatientes de savoir quelle serait la dernière épreuve. Les deux épreuves précédentes les avaient épuisées. C'était dur d'être en compétition avec ses amis! En plus, il faisait une chaleur torride.

Le seul qui n'avait pas l'air de fondre comme neige au soleil, c'était Dustin. Pendant que tous les autres s'efforçaient d'oublier la chaleur, il sautait sur place comme un pantin, en écartant les bras et les jambes.

M. Reese et Kira ne semblaient pas non plus affectés par la chaleur. Debout sur le podium, ils regardaient les jeunes tandis que les juges conféraient à côté des marches.

– Bon! lança M. Reese, qui semblait presque aussi impatient que les jeunes. Les deux premières épreuves de la compétition sont maintenant terminées. Qu'en disent les juges?

Tout le monde se tourna vers les juges.

– Il y a égalité, fit un des juges en haussant les épaules.

– Alors, comment est-ce qu'on la brise? cria Logan.

M. Reese consulta rapidement son assistante et jeta un

coup d'œil sur le gros cahier à reliure noire.

Kira s'avança vers le micro.

– L'épreuve qui permettra de briser l'égalité sera une épreuve physique, annonça-t-elle.

– Entre les deux capitaines, Zoé Brooks et Chase Matthews, ajouta M. Reese en les désignant tous les deux tour à tour.

Zoé prit une grande inspiration et regarda son ex-ami. Ça n'allait pas être facile, ni amusant.

Chase eut une légère nausée en regardant Zoé. Un affrontement physique avec elle était bien la dernière chose qu'il souhaitait en ce moment. Mais ils ne savaient pas encore exactement ce qu'ils auraient à faire. Ce ne serait peut-être pas si mal, après tout...

Quelques minutes plus tard, après avoir reçu toute l'information nécessaire, les équipes et leurs capitaines étaient rassemblés autour de la piscine. Finalement, l'épreuve ne s'annonçait pas mal... elle s'annonçait horrible.

– Une bataille aquatique! s'écria M. Reese en approchant de la piscine, le poing en l'air en signe de victoire.

Tout le monde était déjà en place.

Les deux capitaines se faisaient face, en équilibre sur des plates-formes installées sous l'eau à un mètre environ l'une de l'autre. À les voir ainsi du bord de la piscine, où les observaient leurs coéquipiers en maillot de bain, on aurait dit que Zoé et Chase marchaient sur l'eau. Chacun des capitaines avait dans les mains un objet qui ressemblait à un gigantesque coton-tige coloré. Il s'agissait en réalité de bâtons de combat d'un mètre cinquante aux bouts rembourrés – rouge pour Zoé et bleu pour

Chase. Les capitaines portaient par-dessus leurs maillots de bain un casque, une camisole et un short – le tout aux couleurs de leur équipe, évidemment.

– Au coup de sifflet, chaque capitaine essaiera de faire tomber l'autre de son piédestal, expliqua Kira avec un grand sourire.

– Le premier à tomber à l'eau deux fois sera déclaré perdant, ajouta le père de Logan en agitant son sifflet.

Zoé regarda Chase. Elle était encore triste et blessée qu'il ait triché, et elle espérait bien le faire tomber. Deux fois, ça ne pouvait pas être très difficile...

– Et, pour rendre les choses plus intéressantes, les autres membres de l'équipe pourront arroser le capitaine adverse avec ces pistolets à eau pour aider leur capitaine à gagner, souligna Kira en montrant deux bacs remplis de pistolets à pompe rouges et bleus.

– Bon, ramassez vos pistolets à eau et prenez vos positions, ordonna M. Reese.

Les garçons prirent les pistolets bleus et allèrent se poster derrière Chase, en pointant soigneusement leurs armes vers Zoé.

Les filles se placèrent derrière Zoé en brandissant leurs pistolets rouges en direction de Chase.

– Tout le monde est prêt? demanda Kira.

– Oui! crièrent les garçons en chœur.

Logan ne tenait pas en place. Ce serait très amusant d'asperger Zoé, et Chase allait sûrement l'emporter haut la main. C'était juste une fille, après tout, hein?

Michael leva le pouce. Il était prêt et il attendait, le

pistolet à la main.

Les filles donnèrent aussi leur accord de l'autre côté de la piscine. Lola, en tout cas, trouvait qu'il était temps que Chase paie pour ses erreurs.

– Capitaines! Êtes-vous prêts? demanda M. Reese.

– Ouais, répondit Chase en hochant la tête, sérieux.

Il ne serait jamais plus prêt que ça...

– Allons-y, dit Zoé.

Elle affichait un air résolu et espérait pouvoir gagner.

– À l'attaque! cria M. Reese avant de siffler.

La bataille était commencée! Chase donna le premier coup, que Zoé esquiva. Elle frappa à son tour, mais Chase para le coup. Sans relâche, les deux ex-amis rendirent coup pour coup, chacun tâchant de faire tomber l'autre pendant que les membres des deux équipes les bombardaient d'eau.

Lola, Nicole et Quinn aspergeaient Chase sans relâche, ne s'interrompant que pour recharger leurs pistolets avec l'eau de la piscine. Nicole était survoltée. Zoé devait absolument gagner!

Zoé fut trempée en deux secondes, arrosée sans interruption par les garçons. Mais elle s'en fichait et se concentrait sur le bâton de Chase. Elle faisait de son mieux, mais Chase lui joua un tour en soulevant brusquement son bâton vers le haut. Déséquilibrée, elle tomba de son piédestal.

Les filles sursautèrent et regardèrent Zoé, horrifiées.

Les garçons se tapèrent dans les mains avec des cris de joie.

– Ouiiii!

– Vas-y, Chase!

– Vive les gars! criaient-ils.

Mais Chase les entendit à peine. Il guettait Zoé, impatient de la voir remonter à la surface. Quand elle apparut enfin, Chase fit la grimace. Elle n'avait pas l'air contente...

– Allez, Zoé! crièrent les filles.

– T'es capable!

– Remonte, vite! lança Nicole tandis que Zoé crachait de l'eau.

Zoé fronça les sourcils. Son amie ne croyait tout de même pas qu'elle allait abandonner?

Zoé remonta sur sa plate-forme en évitant soigneusement le regard de Chase.

– Ça va? demanda Chase.

Il paraissait sincèrement désolé.

– Ça va, répondit Zoé sèchement.

Elle ne pouvait pas s'empêcher de se dire qu'il serait encore plus désolé quand elle l'aurait fait tomber à son tour.

– Deuxième round! lança M. Reese en sifflant.

La joute reprit de plus belle.

Zoé et Chase maniaient furieusement leurs bâtons, inondés par les pistolets à eau des autres. Après avoir paré plusieurs coups, Zoé saisit sa chance. Elle redressa rapidement son bâton à la verticale et poussa Chase vers l'arrière.

Zoé regarda en souriant ses coéquipières qui l'encourageaient. Elles avaient fait un pas de plus vers la victoire, et elle se sentait... terriblement malheureuse. Pourquoi Chase lui avait-il pris son TekMate? Pourquoi ne pouvait-il pas lui dire la vérité, tout simplement?

– Ça, c'est ce que j'appelle un beau coup! fit Quinn en tapant dans les mains de Nicole et de Lola.

De l'autre côté de la piscine, Logan semblait sur le point d'exploser.

– Comment as-tu pu la laisser faire? hurla-t-il en direction de Chase.

L'imbécile allait les faire passer pour des poules mouillées!

– Qu'est-ce qui s'est passé? demanda Michael.

Manifestement, Chase n'était pas en superforme.

– Allez, Chase!

Même Dustin paraissait déçu.

– Remonte sur ta plate-forme, ordonna Logan.

Comme si Chase avait le choix...

Chase s'ébroua en secouant la tête et remonta sur son piédestal. Il commençait à se ficher de l'issue de la joute. Il voulait simplement en finir.

– Bien, annonça Kira. Le prochain qui tombe à l'eau perd la joute.

– Troisième round! annonça le père de Logan en sifflant de nouveau.

Ça y était... Le round décisif. Zoé agitait son bâton de toutes ses forces, sans se préoccuper des garçons qui l'aspergeaient. Chase faillit tomber, mais réussit à garder son équilibre. Il envoya un coup droit à Zoé. Elle chancela, puis le frappa à son tour, encore plus fort.

Chase répliqua en faisant tournoyer son bâton par-dessus sa main, dans une manœuvre tout à fait inhabituelle. Une seconde plus tard, le bâton de Zoé tomba dans la piscine.

Les deux adversaires regardèrent quelques instants le bâton rouge qui flottait sur l'eau. Zoé était désarmée!

Des deux côtés de la piscine, les membres des deux équipes étaient complètement survoltés.

– Oh, non! Elle a perdu son machin! hurla Lola.

Nicole et Quinn avaient du mal à regarder. Tout était fini.

Mais Chase restait immobile, pendant que ses coéquipiers se déchaînaient.

– Ouiiii! cria Logan en sautant sur place. Tu l'as eue! Fais-la tomber!

– Fais quelque chose, dit Michael.

Chase entendit très clairement les commentaires de ses coéquipiers. Ils voulaient qu'il achève son adversaire. Qu'il remporte la joute. Qu'il les emmène tous à Hollywood. Mais Chase hésitait. Ce n'était pas comme ça que les choses auraient dû se passer. En secouant la tête, il recula imperceptiblement... et glissa.

Puis, tout devint flou, comme dans un film au ralenti.

Chase tomba à la renverse dans la piscine, dans une grande gerbe d'eau, tandis que les garçons manifestaient bruyamment leur déception. Les filles n'en croyaient pas leurs yeux. Une seconde plus tôt, elles étaient certaines que Zoé avait perdu. Et maintenant, elle était la dernière debout.

Un coup de sifflet rendit la chose officielle.

– Les filles remportent l'épreuve! cria M. Reese.

Chase enleva son casque et se secoua pour se débarrasser de l'eau qu'il avait dans les oreilles. Il aurait bien aimé pouvoir se débarrasser en même temps de tout ce qui s'était passé ces derniers jours. Michael, Dustin et Logan exigeaient une explication. Mais les filles faisaient tellement de bruit qu'il les entendait à peine.

Quinn, Lola et Nicole sautèrent dans la piscine pour aller féliciter leur capitaine. Zoé n'en revenait toujours pas d'avoir gagné. Elle s'était crue impuissante sans son bâton, et pourtant...

Zoé, tout en partageant les manifestations de joie de ses coéquipières, jeta un bref coup d'œil à Chase. Il paraissait aussi abasourdi qu'elle.

– Comment t'as pu faire ça? demanda Logan tandis que Michael aidait Chase à sortir de la piscine. Elle avait perdu son bâton!

– J'ai glissé, expliqua Chase, penaud.

C'était sa seule excuse. Du moins à l'intention de Logan... Michael regarda Chase d'un drôle d'air. Il avait tout compris, évidemment. Il savait que Chase l'avait fait exprès pour tomber, pour essayer d'égaliser la marque. Il espérait seulement que Zoé le savait aussi.

La compétition fut suivie d'une grande fête. Un disc-jockey faisait jouer de la musique à tue-tête. Le buffet croulait sous les hamburgers, les homards... et tout plein d'autres bonnes choses! Chose certaine, le père de Logan savait comment organiser une fête. Alors, pourquoi Zoé était-elle aussi déprimée? Elle avait à peine touché à son homard. Un peu plus loin, Chase chipotait sa nourriture lui aussi.

– Comment est le homard? demanda-t-il sans entrain.

– Bon, répondit Zoé en haussant les épaules.

Elle portait sa nouvelle camisole préférée, mauve à encolure bateau, ornée de sequins. Elle se sentait généralement resplendissante, dans cette camisole, mais pas ce soir.

– Bien. Tu sais, fit Chase en montrant le crustacé posé dans l'assiette de Zoé, ça vient de la mer.

Zoé jeta à Chase un regard étonné. Il était toujours terriblement maladroit quand il était nerveux. Elle savait bien que les homards n'étaient pas des extraterrestres...

– Euh... Écoute, Zoé... commença Chase.

Zoé le regarda droit dans les yeux, curieuse de savoir ce qu'il avait à dire. Mais il hésitait.

– Oui? demanda-t-elle pour l'encourager à continuer.

– Rien, rien... fit Chase en baissant les bras.

Il n'y arrivait pas...

Ils restèrent un moment silencieux, mal à l'aise. Puis M. Reese fit signe au disc jockey de baisser le volume et se leva pour faire une annonce.

– J'espère que vous vous êtes tous bien amusés ces derniers jours, dit-il. Et félicitations aux filles pour avoir arraché la victoire aux garçons.

Il y eut des cris et des applaudissements, et M. Reese attendit patiemment que le silence revienne.

– Et maintenant, nous avons une autre petite surprise pour vous, poursuivit-il avec un sourire malicieux.

– Avant le début de la compétition, nous vous avions dit que l'équipe gagnante participerait au premier épisode de « La Guerre des sexes », leur rappela Kira.

Quinn, le visage rouge, commençait déjà à s'énerver.

– Quoi, vous allez nous dire qu'on n'y va plus? demanda-t-elle, en colère. Parce que mon oncle est avocat, et...

– Du calme, Quinn, intervint le père de Logan en levant la main. Les filles vont aller à l'émission... et les garçons aussi!

termina-t-il avec un large sourire.

– Vraiment? fit Michael, ahuri.

– Nous? demanda Dustin. Génial!

– Alors, quand est-ce qu'on va tourner l'émission? demanda Logan.

– C'est déjà fait. Nous avons tout filmé avec des caméras cachées. Regardez autour de vous.

M. Reese pointa le doigt en riant vers trois endroits différents. Trois caméramans sortirent de leurs cachettes – près de la maison, sur le toit, et même dans les buissons – et saluèrent les jeunes. Ils avaient tout filmé!

Les jeunes étaient abasourdis.

– Félicitations, les enfants. Vous allez être les vedettes du tout premier épisode de « La Guerre des sexes », confirma M. Reese.

Tout le monde applaudit. Dustin se mit à sautiller encore plus haut que d'habitude. Lola et Nicole se tapèrent dans les mains pour se congratuler.

Logan n'en croyait pas ses oreilles. Même si leur capitaine avait été parfaitement lamentable, ils allaient passer à la télévision nationale!

Chase était resté assis, sans participer à l'agitation générale. Il savait qu'il aurait dû être ravi. Ce n'était pas le genre de chose qui arrivait tous les jours. Mais il ne pouvait s'empêcher de penser à Zoé. Leur amitié était-elle finie pour de bon?

Quand la musique reprit, il jeta un regard furtif à Zoé. Elle lui rendit son regard, gênée, puis détourna les yeux.

Chase baissa la tête et fixa ses mains. Il ne lui avait même pas avoué ses sentiments pour elle, et son pire cauchemar se réalisait de toute manière. Rien ne serait plus jamais comme avant.

CHAPITRE 12

Retour à l'école

À la PCA, les choses étaient presque revenues à la normale le jour où « La Guerre des sexes » devait enfin être présentée à la télé.

Le salon de la résidence grouillait d'activités. Garçons et filles s'étaient rassemblés pour regarder l'émission ses vedettes y compris. Lola et Quinn avaient réquisitionné les fauteuils poire de la première rangée, d'où on avait la meilleure vue, et refusaient d'en bouger.

— Il reste combien de temps avant que ça commence? demanda une fille en s'assoyant sur le divan à côté de Logan.

— Environ quatre minutes! lança Quinn en tapant des mains.

Elle n'en pouvait plus d'attendre. Tout le monde était excité. Tout le monde, sauf Zoé.

Le dos voûté, l'air déprimé, elle était entrée dans le salon des filles et s'était affalée dans un fauteuil près du divan où trônait Logan. Michael et Nicole l'avaient suivie.

— Allez, Zoé! Un peu d'enthousiasme! supplia Nicole.

C'était une véritable torture de voir son amie aussi

malheureuse. Et ce n'était tellement pas le genre de Zoé!

– J'ai pas très envie d'être enthousiaste, grogna Zoé.

Elle était vraiment d'humeur sombre, contrairement à Nicole, pleine d'entrain comme à son habitude.

– Mais tu vas bientôt passer à la télé! souligna Michael.

Il ne partageait pas tout à fait la fébrilité de Nicole, mais il devait admettre que c'était excitant d'être une vedette.

– Ouais, fit Zoé, toujours aussi morose. Est-ce que quelqu'un a vu Chase? demanda-t-elle tristement en parcourant des yeux le salon rempli de monde.

Chase et elle continuaient à s'éviter, et il lui manquait terriblement.

– Ouais, fit Michael lentement en jetant à Nicole un regard de biais. Il a dit qu'il viendrait pas.

– Il vient pas regarder l'émission avec nous? demanda Nicole, éberluée.

Elle savait que les choses n'allaient pas pour le mieux entre Zoé et Chase. Mais comment pouvait-il rater ça?

Zoé se redressa sur son siège.

– Où est-il? demanda-t-elle.

Michael haussa les épaules.

– Il était dehors tout à l'heure, près de la fontaine, répondit-il en soupirant.

Zoé poussa un soupir elle aussi. Sans ajouter un mot, elle se leva et quitta la pièce. Michael et Nicole la suivirent des yeux.

– Où tu vas? cria Nicole derrière elle.

– L'émission va commencer! ajouta Michael.

Mais il était trop tard. Zoé était déjà partie.

— Je vais passer à la télé! J'en reviens pas! C'est cool, hein?

Dustin, comme un derviche tourneur blond, entrait en tourbillon dans le salon en se cognant contre quelques murs... et quelques personnes.

— As-tu déjà été à la télé? demanda-t-il à une élève qu'il ne connaissait pas. J'en doute! D'où tu viens?

Il n'attendit même pas la réponse de la fille. Il était encore survolté par le Frazz, et il semblait incapable d'arrêter de parler.

— Je m'appelle Dustin. Et je vais passer à la télé!

— Bon, quand est-ce que ce Frazz va cesser de faire effet? demanda Lola à Quinn en regardant de loin le petit frère de Zoé.

— J'en sais rien, répondit Quinn.

Elle semblait vraiment inquiète. Elle aurait peut-être pu avancer une hypothèse, mais Dustin fut soudain derrière elle, toujours aussi bavard.

— Peux-tu croire qu'on va passer à la télé? Tu sais, le plus excitant, quand on passe à la télé, c'est...

Dustin passa d'un coup de cent à zéro kilomètre à l'heure. Il s'effondra sur les genoux de Quinn et resta là, prostré, silencieux. Il était complètement sonné.

Quinn regarda Lola. Enfin!

— C'est fini, annonça-t-elle, soulagée.

CHAPITRE
13

Toute la vérité

Chase était assis au bord de la fontaine, un pied sur la margelle, les yeux fixés sur l'océan au loin. Il aurait bien aimé pouvoir revenir en arrière et être encore l'ami de Zoé. Mais c'était impossible. Il ne pouvait qu'attendre et espérer.

Il n'entendit pas Zoé arriver. Elle s'arrêta devant lui sans dire un mot.

– Euh... Tu veux t'asseoir? demanda-t-il en baissant le pied.

– D'accord.

Zoé s'installa à côté de lui et repoussa ses cheveux. Elle était magnifique, avec sa camisole bleue imprimée, son jean à taille basse retenu par une large ceinture et ses grosses boucles d'oreilles.

– Écoute, commença Chase.

Il savait que c'était maintenant ou jamais. Il devait tout avouer à Zoé, et vite. Il avait déjà perdu son amitié. Il n'avait plus grand-chose à perdre. Mais c'était difficile.

– Si j'ai... Si j'ai pris ton TekMate... c'est parce que... parce que j'avais écrit un message texte à Michael... et que je te l'ai envoyé par erreur.

Zoé se contentait d'écouter. Chase fut donc obligé de poursuivre.

— Il fallait que je récupère ton TekMate pour effacer le message avant que tu le lises, expliqua Chase. J'ai essayé de le remettre en place, mais t'es partie en courant, alors j'ai pas pu.

— D'accord, fit Zoé en hochant la tête.

— Tu me crois? demanda Chase.

— Je ne devrais pas? demanda-t-elle en réfléchissant à voix haute.

Ce que Chase lui avait dit sur le patio, chez Logan, c'était vrai. Elle savait qu'il était honnête... du moins jusqu'à tout récemment. Il ne lui avait jamais donné de raison de penser autrement.

— Oui, tu devrais, assura Chase.

— Alors, je te crois, confirma Zoé.

— Bien.

Chase espérait qu'ils s'en tiendraient là, mais son explication laissait une importante question sans réponse.

Et Zoé voulait cette réponse.

— Alors... commença-t-elle.

— Demande-moi-le pas, supplia Chase en lui coupant la parole.

— Je te le demande.

— Zoé, s'il te plaît...

Ils étaient sur le point de redevenir amis, et Chase ne voulait pas revivre encore une fois le même cauchemar.

Mais Zoé ne lâchait pas prise.

— C'était quoi, le message que tu m'avais envoyé par

erreur? Dis-le-moi.

– J'aimerais mieux pas, dit Chase en secouant la tête.

– Pourquoi, c'était méchant? demanda Zoé, sourcils froncés.

Elle ne pouvait pas imaginer que Chase puisse être méchant. Mais elle ne voyait vraiment pas ce qu'il pouvait bien vouloir lui cacher.

– Hein? demanda Chase, éberlué. Méchant?

– Est-ce que tu disais quelque chose de méchant à mon sujet? demanda de nouveau Zoé.

– Non! Non, non, c'était pas du tout ça. Je dirais jamais des choses méchantes à ton sujet.

Chase n'en revenait pas. C'était tout le contraire!

– Alors, qu'est-ce que t'as pu écrire de tellement important? C'était quoi, le message que tu voulais me cacher?

– Tu veux vraiment le savoir? demanda Chase, hésitant.

Il ne pouvait pas laisser Zoé sur cette impression. Il devait lui dire la vérité.

– Oui.

– T'es sûre? demanda Chase, en espérant qu'elle changerait d'idée.

– Je veux vraiment le savoir, insista Zoé.

– D'accord. Le message, c'était...

– Hé! vous deux!

Nicole, Michael, Logan et Lola fonçaient sur eux à toute vitesse. Chase leva les yeux au ciel. Il était enfin prêt à tout avouer à Zoé... si seulement ils avaient pu être seuls encore une petite minute.

– Hé! L'émission commence dans trente secondes! dit

Logan en tapant sur son énorme montre.

– Vous pouvez pas manquer ça! insista Michael.

– Venez! On va passer à la télé! fit Nicole.

Elle attrapa Zoé par le bras et la traîna de force vers la résidence, pendant que Lola et Logan s'occupaient de Chase. Ils arrivèrent au salon tout essoufflés, juste à temps pour voir s'afficher le générique d'ouverture.

Chase, debout d'un côté de la pièce, ne quittait pas Zoé des yeux. Elle lui sourit et se retourna vers l'écran.

Chase était perdu dans ses pensées. La voix de Michael résonnait dans sa tête : « Dis à Zoé que tu l'aimes. » Combien de fois son meilleur ami lui avait-il fait cette recommandation? Ce n'était peut-être pas une si mauvaise idée, après tout.

Il prit le TekMate posé sur sa hanche et tapa : « Le message, c'était que JE T'AIME »

Puis, avant de changer d'idée, il prit une grande inspiration et appuya sur le bouton d'envoi. Il referma son TekMate et le glissa dans son étui. Autour de lui, les jeunes étaient déchaînés. L'émission était une réussite! Mais Chase n'entendait rien. Il surveillait Zoé du coin de l'oeil, impatient de la voir prendre son TekMate. Est-ce que l'appareil ne devrait pas être en train de sonner, ou au moins de vibrer?

Les secondes s'étiraient. Pourquoi était-ce si long? Après ce qui lui parut une éternité, Chase se pencha vers Zoé. L'étui de son TekMate était posé sur sa hanche, mais la courroie était détachée et l'appareil n'était pas là! Chase fut soudain pris de nausée. Il avait enfin trouvé le courage d'avouer la vérité à Zoé, et son TekMate avait disparu! Mais où pouvait-il être?

Dehors, un petit TekMate rose vibrait sur la margelle de

la fontaine. Un message clignotait à l'écran. Un message que Zoé ne verrait jamais. Le TekMate, que chaque vibration rapprochait dangereusement du bord, finit par tomber à l'eau. Les mots JE T'AIME clignotèrent encore un instant, puis l'écran s'éteignit.